YOUNG AGE小說鮮視界！

YA!

青春滿點！活力滿載！好看滿分！

板橋雅弘◎著　玉越博幸◎圖

窩囊廢的煩惱

ウラナリは泣かない

窩囊廢的世界裡，有這些人……

黑木家：隼的父母離婚後，現在家裡成員只有隼的親生父親和隼兩個人。隼的爸爸很開明，父子相依為命感情很好，一起做家事、一起談心。可是，爸爸最近有了約會的對象，那個人居然就是指導手球社的瀨戶老師。

那須家：隼的親生母親再婚之後的家。目前只有隼的媽媽和那須先生兩個人，那須先生就是咲良的親生父親。

藤森家：咲良的親媽媽和那須先生離婚以後，嫁給了藤森先生。咲良媽媽帶著咲良、藤森先生帶著比咲良年紀小的兒子銀河，共同生活的地方就是位在長野的藤森家。前陣子藤森家多了一個新成員，就是藤森先生和咲良媽媽的結晶女寶寶小響；咲良已到東京就學，所以家中目前住了四個人。

隼的學校：隼有兩個死黨，和咲良一樣有點暴力傾向的出雲，

以及頭腦很好、擔任手球社社長的朝風。隼的任何事情都瞞不過兩人的眼睛，雖然平時一直吐槽隼，但必要的時候兩個好友還是很挺他的。三個人一起直升高中部，一起繼續打高中手球。

還有手球社的指導老師瀨戶老師，擁有D罩杯的火辣身材，大剌剌的個性，還有領導學生的氣度，很有男子氣概。和隼的爸爸交往中。

咲良的學校：看榜單的時候，一個叫做富士的男生向咲良搭訕。後來富士和咲良都考上了這所學校，對隼來說，富士的地位從輕浮的搭訕男，晉升為近水樓台的情敵。

咲良的宿舍：上了東京之後，咲良出現了嚴重的水土不服，還遇到了很多莫名其妙的鳥事……幸好有好鄰居小光幫忙幾次化解危機。小光是宿舍樓下餐廳的工讀生，個性開朗又溫暖，不但很照顧咲良，而且似乎還有很多厲害的朋友，遇到問題都能迎刃而解。

目錄

0. 駐足山丘的兩人——開場的最終幕

夏天進入了尾聲，空氣中飄散著微甜的成熟香味，就像是萊姆葡萄冰淇淋的氣味。

時近黃昏，我和咲良並肩站在位於山丘的公園，身後是一大片透澈的天空。剛剛爬完陡峭的階梯，此刻的我額頭和背上都冒著汗。

我用手背擦去汗水，往旁邊一看，咲良也正做著相同的動作。我這才發現她的皮膚真是白皙，不像我，成天頂著大太陽練手球，露在衣服外的皮膚曬得就像烤過的奶油捲一樣黑得發亮。

『你看。』

『嗯。』

咲良話很少，指著眼前遼闊街景中的一棟建築物，就算不看頂樓的招牌，只要看到大門前的空地和停車場就知道那裡是醫院。咲良為了接受檢查，我們剛剛就是待在那裡。離開醫院後，我們已經走到這裡來了。

忘了究竟是誰先伸出手，我只記得我和咲良手牽手去醫院。胸口的疼痛感我想會一直停留在心上，我為自己的渺小感到無奈；誰教我不是神、不是魔術師、不是陰陽師，也不會特異功能，更不是巫毒教的祭司。命運真是捉弄人，這下我被咲良吃得死死的，我們年紀還一樣大哩，所以這不能算是我的錯。

突然間，我的臉頰被用力地捏了一把。

『你打算繼續這樣多久啊？』

『放手啦，很痛耶。』

一睜開眼，額頭的汗水立刻流進眼睛裡。

『你該不會是在哭吧？』

『我幹嘛哭啊，那是汗啦。』

『好爛的藉口，別裝得自己好像很體貼。』

『就跟妳說了是汗嘛。』

『你還說，快閉嘴。』

咲良又使出更大的力氣捏我的臉，我忍不住伸出我那足以牢牢握住手球的大手把她的手拉開。

『好痛喔！放開我，我的手指要斷了！』

咲良的尖叫聲劃破午後公園的寂靜，我急忙鬆開手。是我不好，只想著趕快拉開她的手，卻忘了控制自己的力道。

『你怎麼可以對女生這樣！』

咲良邊搓揉手指邊生氣地瞪著我，她的視線落到我的腳邊後又掠過肩頭，最後抬起頭看著我，說：

『你是不是變壯了？』

『我也不知道，但體重倒是沒怎麼變。』

咲良咬著下唇，似乎有些不悅。不一會兒，她的臉上失去表情，上半身像是被風猛吹一樣輕輕搖晃，雙腿一癱。

我趕緊上前抱住她，咲良的身體很柔軟，又溫熱，一點都不重。正因為如此，我更不敢用力抱緊她，深怕弄傷了她。一個人在東京獨自生活，面對的一切都和過去不同，讓咲良的身體開始出現異狀，所以我才要她去接受檢查。大概是檢查太累了吧，也或許是因為天氣太熱了，目前我只能這麼想。

看看四周，就是找不到盪鞦韆、溜滑梯之類的設施，倒是有幾張長椅，我看到其中一張就在樹蔭下。

『妳能走嗎？』

『沒事啦。』

老實說我不太相信咲良的回答，假如讓她搭著我的肩膀走，我的身高比她高出太多，她走起來一定很吃力。雖然有些猶豫，但我已經顧不了那麼多了。我把一隻手放在咲良的膝後，另一隻手穿過她的腋下將她抱起。

正當我準備往長椅走去時，咲良立即睜大雙眼對我說：

『你幹嘛這樣抱我，你以為你是王子啊？』

『我才沒那樣想哩。』

這時我還沒發現自己被耍了，咲良再次伸出手捏我的臉，我以為她會比剛才還用力，沒想到她一轉眼就從我的雙臂中掙脫，雙腿一蹬，穩穩地踩在陽光照射的地面上，臉上盡是得意的表情。

『隼才不是王子，你只是個窩囊廢。』

與其說她這是斷言，倒不如說是宣判。我喜歡咲良卻又討厭她，笨拙的我被兩種強烈感情左右拉扯，唉～真是痛苦。

1. 迷失在黑夜的漢賽爾

剛剛，我放進嘴裡的確實是上等牛小排。

霜降黑毛和牛肉在備長炭的陶爐上烤得滋滋作響，儘管側邊還保有血色，兩面早已烤得熟透。豐厚的油脂滿溢，在我口中化做鹹甜的美味。

『……』

此刻的我，嘴裡吃著烤肉，卻不知該如何說明那滋味。

『你有在聽我說話嗎？』

烤肉冒出的陣陣煙霧一竄出就被無煙燒烤桌吸個精光，坐在對面的老媽盯著我猛瞧。看來我得說些什麼，但我已經吃不出烤肉的味道。為了回應老媽，我速速將牛小排吞下肚，這麼一來更覺得它和蒟蒻沒啥兩樣。哎，可惜，真的好可惜。

『嗯，我在聽啊。』

假裝不小心被烤肉卡到喉嚨，我隨便應了一句。

店內的嘈雜人聲這才回到我耳中。原來我的大腦遇到緊急狀況，不但會暫時失去味

覺，就連聽覺也會自動消失。雖然覺得自己很沒用，不過幸好視覺還算有保住。

為了保持神智清醒，我開始環顧四周。

深夜的燒肉店生意依舊很好，每張桌子都擺著大盤的肉和一杯杯的生啤酒，這景象可說是平民版的酒池肉林，不過，肉指的純粹是烤肉。

每個月我都會和老媽約會一次，這個月不是聽古典音樂會，而是看職業摔角，看完職業摔角就要吃烤肉，這是老媽自訂的規則，我沒有任何意見。其實，比起聽完音樂會到餐廳或義大利餐館吃飯，燒肉店的氣氛更讓我自在許多。

反正對我來說只是很普通的約會，所以我毫無心理準備。今天老媽真是給了我一個意外的大驚喜，唰地一聲就像是極短距離且沒有助跑的套索式踢擊，而且不是踢中我的胸膛，而是直接插中我脆弱的喉嚨。不過我還頂得住，畢竟我已經不是國中的毛頭小子，而是個準備蛻變為青年的高中生了。呃，好像說得有點誇張了。

老媽一改平常的態度，表情看來很嚴肅，或許這才是一個母親該有的樣子。也對，說這種事怎麼可能還嬉皮笑臉。

『是不是嚇到你了？』

『還好啦，只是有點吃驚。』

『有點吃驚？』

老媽又把我的話重複了一遍，臉上仍舊是嚴肅的表情。

『這又不是什麼壞事。』

我只想得到這樣回她。明知道老媽很在意我的想法，我卻無法用開心的語氣回答她，只好盡可能保持中立的態度。

『聽你這麼說，我總算放心不少。』

老媽拿起桌上的玻璃杯一飲而盡，然後又點了一杯，但杯子裡裝的不是她慣點的生啤酒，而是烏龍茶。

『我只是想把這件事告訴你，並沒有要找你商量的意思，不過要是你因此不高興，我也會覺得很沮喪。』

老媽夾起烤肉放到我的盤子裡。

『快吃吧。』

『嗯，我在吃。』

雖然沒什麼食欲，但我還是拿起筷子做做樣子。剛才喪失的味覺已恢復，但上等牛小排在我嘴裡卻只有普通牛小排的味道，夾了些泡菜嚐嚐也不覺得辣。而且胃好像也在跟我唱反調，明明只吃一塊牛小排和一些泡菜，肚子卻快撐爆了。

老媽一說完那件事立刻轉移話題：

『高中生活都還順利嗎？』

『還算ＯＫ。』

『對了，你不是有參加社團，那個，梭球。』

『手球。』

明知道這是老媽的冷笑話，我還是配合地糾正她。

『對啦，你很認真在練吧？』

『目前算是囉。』

升上高中剛過一個月，新社員之中就有兩人退出。說是「新社員」也很怪，因為他們都是從國中時就開始練手球的成員，比起國三才加入的我，他們的年資長多了。不過上高中之後，手球社的練習變得更為吃緊。

『你會成為正式隊員嗎？』

『高一新生不太可能成為正式隊員啦。』

『可是，你是因為有潛力才被找去加入手球社的，不是嗎？』

『我才沒那麼厲害，只不過是手夠大，球速夠快，加上我又很閒罷了，而且我的控球還不是很穩。』

『我看你也是體力不怎麼樣，爆發力也馬馬虎虎，雖然平常會運動，看起來只有個子高卻不夠壯。』

老媽接著又補上這麼一句。真是的，對自己的兒子也批評得毫不留情。

『妳別看我這樣，我的體重有增加喔。』

『幾公斤？』

『多了兩公斤，我現在是五十八公斤。』

『身高呢？』

『還在長，現在大概是一百七十七左右。』

老媽聽了搖搖頭說：

『多吃一點，你這樣還太輕。』

老媽夾起一堆肉放在烤爐上，烤架傳來陣陣油脂燃燒的聲音，如果是平常的我，一定會覺得胃口大開，現在卻只感到反胃。老媽拿起追加的烏龍茶大口灌下，看到她那樣狂喝，我真擔心她的肚子受不受得了。

『其實老媽很想和你喝一杯，也很想帶你去按摩。』

『你把我當成頂級黑毛和牛在養啊！』

『不，是頂級黑毛和人。』

『聽妳在瞎掰。』

『這是我剛剛想到的，聽起來很厲害，不錯啊！』

在老媽的強迫下，我又吃了好幾塊烤肉，就像被巫婆捉住的漢賽爾與格萊特❶一樣。但我想今天吃的烤肉應該都不會被身體吸收，說不定明天量體重還會比今天輕呢，體脂肪可能也會下降。因為老媽的『這件事』，我應該又要變瘦了，根本不需要到手球社練得滿身大汗。

離開燒肉店後，我和老媽並肩走到車站。曾幾何時，我的身高已經比老媽高出半個頭了。

『隼，關於今天我跟你說的事……』

老媽嘴裡正嚼著燒肉店給的口香糖，我也是。雖然明知道那廉價的薄荷味蓋不住嘴裡的烤肉味，但就是會想嚼一嚼。

『怎麼了？』

『你可別告訴咲良。』

我聽了立刻心頭一震，本來早已忘了咲良的事，我只要一忙起來就沒辦法管其他人的事。

❶童話故事《糖果屋》中的兄妹。

『好。』

『如果是由你告訴她，好像不太妥當。』

『嗯，我了解。』

最後，我在車站的剪票口和老媽分開。在月台等車的時候，我覺得胃愈來愈不舒服。五月的晚風帶著些許的暖意，我卻感到愈吹愈冷。

我把嘴裡嚼到變硬又沒味道的口香糖吐到鐵軌上，這樣實在很沒公德心，我以後不會再這樣做了，不過今晚就先算了吧。這樣的夜晚，真想找人說說話。

找誰好呢？咲良？當然不行。

對了，老爸應該在家。雖然如此，心底卻感到莫名的寂寞。

無法言喻的複雜情感在心中糾結，一個不能說出口的願望悄然成形。

2. 睡夢中的妳

我作了個夢，一個情節簡單的夢。我躺在一個類似手術台的地方，腰間被皮帶固定住，身體動彈不得。沒多久，老爸和老媽出現了，他們像是在確認什麼一樣，盯著我的臉猛瞧，然後嚴肅地點了點頭。

『你們要幹嘛？』

對於我的提問，老爸和老媽完全不理會，不過我知道，等會兒我的身體將要發生不好的事情。

當我回過神，只見老爸走向我的腳邊，老媽走到我的頭附近。

『放開我。』

我看見自己快要哭出來的表情，那一瞬間，我好像回到十歲左右。靈魂出竅的我像個旁觀者，在天花板的角落窺視著那樣的自己。這個房間我似乎有印象，好像是老爸、老媽離婚前、我們一家三口住的公寓客廳。

老爸抓住我的雙腳，老媽抓住我的雙手。

『放開我，不要這樣。』十歲的我使出全力想掙脫老爸、老媽的手。

啪地一聲，我的雙手雙腳被扯斷了。

好痛。

喀滋滋、喀滋滋、喀滋滋。

在一番用力的拉扯後，我的脊椎骨發出喀滋滋的聲響。我的身體就像是橡皮人偶一樣變得好長。一陣劇烈的疼痛向我襲來，我覺得全身的骨頭好像都散了。疼痛的感覺把我的靈魂吸回十歲的身體。

呃呃呃。

我在自己的呻吟聲中醒來。醒來時我正躺在自己房間的床上，窗簾外透著淡淡的光，看來已經天亮了。伸手擦去額頭上的汗，感覺有點黏黏的。

背好痛，我還在作夢嗎？輕輕地伸手摸背，好像沒事。從床上坐起身，甩甩頭讓自己清醒些。

不過背還是好痛。剛剛那個被老爸、老媽用力拉扯的夢，雖然讓我想起了過去的回憶，夢醒後卻真的留下疼痛感。

難道是落枕了嗎？還是睡覺的時候背撞到牆了？可是，我只覺得脊椎骨隱隱作痛。

試著轉動身體，沒問題，很正常，應該沒有骨折或裂開。難不成是神經痛嗎？或者

是更嚴重的病？我愈想愈感到不安，趕緊起床打開窗簾，想讓陽光照醒我。放心，一定沒事的。早晨的陽光像是讓我吃了定心丸。

走出房門，先到浴室梳洗，然後走向客廳。

老爸蓋著毯子躺在沙發上打盹，看樣子他昨晚大概又熬夜工作了。沙發不夠長，老爸縮著的腳就像魚尾巴一樣不時地動著，樣子看起來好像一條被釣上岸的鯰魚。那副任人宰割的模樣和剛剛夢裡冷酷地拉扯我雙腿的模樣簡直判若兩人，真是狡猾。

我悄悄走向廚房，打開冰箱拿牛奶出來喝。還好昨晚刷過牙才睡，嘴裡已經沒了昨天的烤肉味，胃也變得輕鬆許多。那些嘗不出味道的上等牛小排應該都被消化了吧。

『隼，你起得真早。』

我故意放低腳步聲，卻還是把老爸吵醒了。

『嗯，醒過來就睡不著了。』

脊椎骨好像也不痛了，所以我不打算告訴老爸。

『是喔。對了，早餐你吃就好，我要回房間補眠。』

我從廚房探出頭，叫住睡眼惺忪、正準備走回房的老爸。

『老爸。』

『怎麼啦？』

老爸回過頭，雙眼瞇得瞇成一條線。

『記得換睡衣喔。』

『ＯＫ。』

老爸有氣無力地舉起手，走回房間。

唉，我說不出口。

老媽叫我別告訴咲良，反正只是暫時的，就照老媽說的去做吧。不過她沒說不能告訴老爸。

只有我一個人知道，真的很痛苦，這又不像昨晚吃的上等牛小排，一直憋著不說真的很難受。

本來我打算昨晚回家後要跟老爸說的，誰知道一回到家就看到老爸正忙著工作。他面對電腦的背影散發出一股紅色的殺氣，打字的速度比平常快上兩倍，而且力道很大，那樣的老爸根本沒辦法平心靜氣地聽我說話，所以話到嘴邊只好又吞了回去。剛剛，我還是說不出口。

也許老爸已經知道了也說不定，這並不是不可能，因為離婚後，老爸和老媽還是會保持聯絡，最近這陣子好像都是傳簡訊比較多。

如果老爸知道的話，他會怎麼想呢？

就算問他，他也不見得會說出真心話。老爸是成熟的大人，而我……也不再是小孩子了，我也正慢慢變成熟，我才不要永遠當個窩囊廢。

為了轉換心情，我走到陽台。

清淡的薄雲長長地劃過空中，今天的天氣滿適合練手球的。距離早上社團練習還有一段時間，還記得剛開始因為練習太累，曾經有過放棄的念頭，不過最近身體已經慢慢習慣了，累歸累還是滿好玩的，辛苦之中也還算有樂趣可言。

看著眼前一棟棟的大樓，我不禁心想。

咲良大概還在睡吧，不知道她有沒有作夢？作了怎樣的夢？說不定是和老家有關的夢，畢竟她來東京也有一段時間了，應該多少會有點想家。還是夢到我？也許她夢到在罵我、扁我、踹我。

上高中後我倒是很能適應，社團的練習固然很忙，我倒沒有特別的感覺，直到過了四月，黃金週連假也結束的這段期間我都沒見過咲良。咲良應該比我還忙，比起從國中部直升高中的我，她可是為了到東京唸高中而離鄉背景來到這裡獨自生活。

雖然和咲良通過幾次電話，但只聽聲音還是不夠，而且電話裡的咲良感覺又很冷淡。透過電話聽到她的聲音，比見到她本人時還要低沉，雖然不到低八度，但至少有低個三度到六度。

既然她沒說想見我，我也不會主動開口約她。

烏溜溜的黑眼珠透著不服輸的氣勢、高挺的鼻梁、喜歡苦笑勝過微笑的豐潤小嘴，表情多變，讓我又愛又恨。啊～我好想見咲良一面。

咲良，雖然現在妳還不知道，有件對妳來說不算是好消息的事情，正悄悄地發生。

3. 射門，得分！

過度的全身運動讓大腦缺氧，思考能力也下降不少，這也算是參加手球社的好處吧。至少，對今天的我來說是這樣沒錯。

只不過，今天的練習採取的是比賽形式。

比賽的雙方是三年級的正式隊員對上三年級的候補球員，以及二年級的社員。最近已經開始參加Inter-High（全國高中體育聯賽）預賽的三年級生，個個看起來都氣勢十足。

算了，別想太多，這可是場重要的練習賽。

但還是一年級的我卻無法參與練習賽，只能靜靜地在一旁觀看，這麼一來，反而讓我開始胡思亂想起來。

一年級裡唯一上場參賽的只有國中時當過社長的朝風同學，擔任守門員。雖然是因為二年級的守門員腳踝扭傷無法上場，但我想就算不是這樣，他也已經夠資格參賽了。朝風同學的球技不比二年級的人差，打起球的氣勢也不輸給三年級。這個世界上就是有像他那麼優秀的人，當然，也有像我一樣的人。

『隼，你好像很不爽喔。』

比賽才開始，出雲就往我的腰間頂了一下。大概是我的表情看起來很鬱悶，不過，出雲誤會我心情不好的原因了。

『你也很想上場比賽，對吧？』

『我沒那樣想啦。』

我故意含糊帶過，出雲對我來說算是目前最親近的朋友，但就算這樣，我也沒辦法把個人的煩惱告訴他。

『我也很想上場比一比，我都作好隨時上場的準備了。』

『除了腳扭傷的那位，二年級的人都有來嗎？』

『是啊，我剛剛問過了，聽說瀨戶老師和二年級的人說今天要做一些測試。』

出雲說得斬釘截鐵，他那積極的態度真令我自嘆不如。

『對了，你看瀨戶老師的胸部是不是又變大啦？我看她一定在談戀愛，絕對沒錯。』

聽到出雲這麼說，感覺真有點不舒服。看他偷看瀨戶老師胸前的模樣，真是好色極了。這個世界上就是有像出雲一樣的人，當然，也有像我一樣的人。

我對瀨戶老師的胸部一點都不感興趣，雖然像我這個年紀的男生多少會有點『那方面』的幻想，但我就是無法用那樣的態度去看瀨戶老師。

都是老爸害的，出雲的觀察力真敏銳，現在我只能祈禱別再發生更嚴重的事。真是有夠煩的。老爸也是，老媽也是，我的父母怎麼都那麼自私啊！

『隼只要有進步以後也可以出賽的。』

出雲一邊安慰我，一邊揉揉我的肩膀。話說回來，出雲應該算是繼朝風同學之後另一個可上場比賽的一年級生吧，雖然他不高，但他的動作敏捷，國中時就一直是社團裡的主力得分王。

而中途入社的我，分派到的是Post，因為個子高，手夠大，就被瀨戶老師安排擔任射門的工作。這用不到多難的球技，只要朝球門猛攻就好，唯一需要控制的是球速。上高中後也沒有其他想做的事，所以就繼續待在手球社了。

就像出雲說的一樣，由朝風同學負責守門的隊伍，陸續進行了幾次隊員調動，不過，一直到前半場比賽結束前，都沒有半個一年級的人被叫上場。

我繼續想著那些煩人的事，雖然我面向球場，雙眼盯著球，但卻心不在焉。我沒辦法專心看比賽，球場上的一舉一動掠過腦海後立即消失。我覺得很煩，但也想不出任何法子解決那些惱人的事。

『為什麼！』

出雲憤怒的聲音將我拉回現實。

『瀨戶老師為什麼都不叫我上場？』

『大概是因為你一直用色色的眼神盯著她的胸部看吧。』

說這句話的人不是我，而是剛下場休息的朝風同學。

出雲有些理虧地反駁：

『怎麼可能？我那麼小心應該沒有被抓包啊，而且哪有人用這種理由來決定要不要讓選手上場的啊，瀨戶老師才不會這樣做。』

我大概明白出雲的心情，看著用毛巾擦汗的朝風同學身上散發出一種清爽的感覺，讓我又嫉妒又羨慕。前半場的比賽他一直在場中，後半場也要繼續參加。

『隼，你怎麼了嗎？』

朝風同學一臉驚訝地看著我。

『沒什麼事啊。』

『你還好吧，看起來沒什麼精神耶。』

聽朝風同學這麼說，我心中為之一震。

就在這個時候，瀨戶老師喊了出雲的名字。

『來了、來了、來了。』

只見他舉起手、大聲地回應了三次，就像個好動的幼稚園孩子快步地跑向瀨戶老師，朝風同學也跟著追了上去。

後半場的比賽開始了。

出雲上場了，但卻不是他以往的45位置，而是非主力射手Side，不過在場的人都看得出來他充滿幹勁。看著那樣的出雲，我彷彿也感染到他的愉悅。

不過也僅止於那一瞬間，很快地我便發現自己並無法融入其中，鬱卒地嘆起氣來。比賽還是持續進行，三年級的正式隊員操控著全場，即便是心不在焉的我也看得出來，中途瀨戶老師也做了幾次球員的調動。

『隼。』

突然間，我聽到自己的名字。

『啊，來了。』

我恍恍惚惚的樣子明顯地和出雲呈現對比，瀨戶老師給了我一個白眼，說：

『就Post位置。』

Post，這是我國中時就負責的位置，可能是因為其他位置都有人了，也或許是瀨戶老師認為反應不比出雲快的我，除了這個正面射門的位置就沒有其他適合的位置了。

看到我上場，出雲有些不滿，大概是因為我被分到的是和以往相同的位置，而且還可以射門，但他卻無法如願站上45位置。

『算了，也沒差。』

撇下這句話後，出雲匆匆跑開。

練習賽進行得相當激烈，不好好集中精神是不行的，一時之間，我也暫時忘了所有的事。

出雲好像不再彆扭，可能是因為他比我早上場比賽，想要好好表現的關係，他甚至還傳球給我，讓我有射門的機會。

三年級的守門員擋在球門前，他比我年長兩歲，不但身高比我高，體型也比我壯多了，厚實的肌肉線條看來氣勢十足。我想不管我怎麼投，他都可以攔截下來吧。

想再多也沒用，我已經沒時間猶豫了，管它三七二十一，先投再說，失敗就算了，沒什麼好怕的，盡全力投就是了。

我使出全力將手中的球往前投出，剩下的就交給老天爺吧。

手臂一甩，球投了出去。

球快速地朝守門員的方向飛去，反應敏銳的守門員立刻張開手，企圖把球攔下。

球彈開了，往斜上方飛去，最後掉入球門內，射門成功！雖然這只是場練習，卻是

我進高中後的第一場比賽，而且還成功射門得分，老實說，我真的很高興。

雖然只有短暫的一刻，但我內心團團糾結的烏雲，彷彿透進了淺淺的陽光。

4. 女大學生與窩囊廢

練習賽結束後，我回到更衣室換完衣服，拿起手機，發現有未接來電，畫面顯示為新號碼，我一點印象都沒有。

『誰打來的啊？』

出雲湊到我身邊窺探。

『我不知道。』

『最好是，我看又是可愛美眉打來的吧。』

雖然無法如願站上45，但可以上場參賽讓出雲心情變得很好。不過也因為我剛剛為隊上得了幾分，感覺他說起話來有些酸溜溜的。

『如果真的是這樣就好了。』

我按下按鍵，進入語音服務系統。

『隼，是我。』

對方的聲音聽起來有些慌張，卻很清晰，我馬上想到是小光。被出雲猜對了，小光

是和咲良住在同一棟女生宿舍的前輩，她的確長得滿可愛的。

『跟你說，咲良昏倒了！如果可以，你能不能來一趟？因為我等會兒要到餐廳打工，那就麻煩你囉。』

咲良昏倒了！不過聽小光說話的語氣，應該不太嚴重。但我還是很緊張，此刻的我表情一定很凝重，咲良怎麼會昏倒？我只想得到一個理由，難不成咲良已經知道那件事了？幸好我現在坐在椅子上，不然肯定會跌坐在地，頓時間腦袋一片空白，感受到強烈的打擊。原來咲良也有脆弱的一面。

出雲見狀馬上追問我：

『對方說了什麼？我好像聽到女生的聲音。』

現在的我實在沒有多餘的心力去騙出雲，不知不覺就說出了對方的名字。

『是小光。』

『小光？她是誰？我怎麼沒聽你說過？』

『在餐廳打工的女大學生。』

『真看不出來你這傢伙一臉呆樣，竟然在和大姊姊交往。餐廳是哪裡的餐廳啊？學校附近的嗎？』

個頭比我矮的出雲伸出左手抓住我的衣襟，像是要給我一記下勾拳，當然他並沒有真的使力，不過現在並不是開玩笑的時候。

我真是沒用，如果要說明我和小光的關係，勢必會說到咲良，這麼一來一定又會刺激到出雲。

正當我不知所措的時候，一旁的朝風同學適時地出現為我解圍，他把手放在出雲的肩上並說：

『假如隼真的和女大學生交往，那出雲也可以和瀨戶老師交往啦。』

聽到這句話，出雲就像是被刺中要害，立即把手抽離我胸前。

大概是覺得很不好意思，出雲邊搓揉著左手肘邊說：

『那倒也是啦。』

朝風說得沒錯，我也沒有反駁。我想一向愛疑神疑鬼的出雲，只要看到我和小光站在一起，很快就會明白我們不可能是情侶，頂多覺得我們像是成績不好的學生和家教，或者是遠親，姊弟的可能性就很低，畢竟我們長得完全不像。但話說回來，我和咲良看起來也不太像姊弟……

算了，還是先趕去女生宿舍吧。

『那我要先回去了。』

我匆匆丟下這句話，飛快地跑出更衣室。現在我滿腦子都是咲良，剛結束練習應該很累，但身體的某個地方似乎有個儲備體力的備用槽，讓我全力衝刺跑向車站。只要是和咲良有關的事，我的身體就會變得充滿力量，雖然最後總是白忙一場，而且還會被咲良取笑，即便如此，我還是學不會教訓。

以前我總是晚了一步，從今以後我一定要好好保護咲良。

就算被咲良呼來喚去，或是我自己想太多，只要她需要我，我一定飛奔過去。假如咲良不需要我，我也要學會忍著不去見她，但只要她有需要，我一定奮不顧身去見她。

不過，這次找我的不是咲良，而是小光。既然她認為咲良需要我，說什麼我都要趕過去。其實也是因為終於有理由可以見到咲良了。當然，我也很擔心她。

小光只說她昏倒了，卻沒說她為什麼昏倒，我的腦子一片混亂，不斷地往壞處想。

咲良和身穿西裝的男性一起站在月台上，那位是咲良的親生父親那須先生，也是老媽的再婚對象。那須先生的嘴緩緩地開合，咲良的身影開始搖晃。站在白線上的她突然雙腿一軟，手上的包包掉進鐵軌，然後咲良也跟著摔下去。接著電車進站了，快車的車頭燈照亮夜色也打在咲良空虛的雙眼，頓時警鈴大響，電車緊急煞車後和鐵軌摩擦出刺耳的聲響。

不會的，這樣就不只是昏倒而已了。我用力地搖搖頭，不知不覺間我已經跨過月台的白線，搭上電車。

我拿出手機猶豫著是否要打電話給小光，最後還是放棄了，她在打工還是別打擾她了。拋開腦中那愚蠢的想像，讓自己恢復冷靜。在終點站換車的時候，我順便買了蛋糕。雖然還不到吃栗子的季節，但我還是買了三塊我和咲良都喜歡的金色蒙布朗，多出來的那塊是給小光的。買完蛋糕後，剛剛那可怕的幻想也忘得差不多了。

當我抵達咲良住的女生宿舍時，天色已經變暗，位在安靜住宅區的女生宿舍一樓的角落燈光是亮著的，那裡就是小光打工的餐廳，我還是先到餐廳找小光吧。

進到餐廳，小光一見到我就朝我招了招手，她找個空桌位要我坐下，然後坐在我對面的位置。

『謝謝你趕過來。』

『咲良還好嗎？』

『她在發高燒，我帶她去附近看過醫生了，好像是因為過度疲勞導致免疫力下降，一不小心就感冒了。她剛吃過藥，現在應該在睡覺。』

『是喔，原來是感冒。』

還好只是感冒，放下心中大石後，我的肚子突然咕嚕嚕地叫了起來。小光邊笑邊說要請我吃今天的套餐。本來我想先去看看咲良，但想到她在睡就先作罷了。

套餐很快就上桌了，小光看著我吃，讓我覺得很不好意思，但因為今天的練習也花

了我不少體力，沒有三兩下我就把套餐一掃而空。

『其實今天咲良和她爸爸約了要見面，但她怕她爸爸會擔心，所以故意裝作沒事打電話取消見面了。她說絕對不能讓長野的媽媽知道這件事。我問她能不能告訴隼，她就無奈地點了點頭。』

餐廳的套餐主要是賣給女生宿舍的房客，分量不大，整份吃完後我大概是六分飽，放下筷子，喝了口熱茶。咲良還沒和那須先生見面，那我剛剛真的是想太多了，她昏倒的理由就是醫生說的那樣，但小光的話倒是提醒了我一件事。

『妳說咲良是很「無奈地」點點頭啊。』

『她可能是太累了，你別想太多。』

我當然不會想太多，只是還真有點落寞。

『咲良自己一個人在東京生活，一定吃了不少苦，偏偏「某人」又不來看她，害她連喘口氣放鬆的地方都沒有。』

『某人？』

小光用手指抵住我皺起的眉頭。

『所以才說你是個窩囊廢。』

小光用咲良的口吻叫出我的綽號。

5. 老套的金色蒙布朗

等到餐廳裡其他客人都離開後，小光帶著我偷偷溜進女生宿舍。

『有錢人的家都有後門，像我們這樣沒錢的人，住的房子就只有一道門。』還記得老爸曾經這樣說過，不知道他說這句話是不是有什麼用意。咲良住的這棟女生宿舍，停放腳踏車的地方旁邊有個小門，其實只要跟管理員說明情況，身為咲良親戚的我應該就可以大大方方地從大門進去，但小光卻毫不猶豫地帶著我去走那道小門，避開監視器爬上樓梯。看她的動作那麼熟練，平常大概也是這樣帶男朋友進宿舍的吧。

小光按下咲良房門的對講機，裡頭傳來咳嗽的聲音。

『咲良，我是小光。』

過了一會兒，房門開了約三分之一，站在小光身後的我看不到咲良的樣子。

『妳在睡嗎？』

『沒有，我只是躺一下。』

『是喔，有人來探病喔。』

小光回過頭把我推向門邊，一看到身穿睡衣、頭髮有些亂的咲良，我馬上別過頭去。這對病人來說實在很不禮貌，但看到這樣的咲良，我感到心頭小鹿亂撞。

『妳好，晚安。』

看到我那麼拘謹，小光忍不住笑了出來。

『你有必要這樣打招呼嗎？』

『呃，因為現在是晚上了。』

咲良聽了也不禁苦笑，然後咳了一聲。

『那，我先回餐廳囉。』

想也知道她是要回房間，被留在原地的我想到要和咲良獨處，開始感到慌張。

『對了，蛋糕，我買了蛋糕，小光也一起吃吧。』

『你的好意我心領了，我現在在減肥。』小光從背後推著我進到咲良的房間。

咲良的房門關上了。

『進來吧。』

咲良把睡衣的下襬拉出褲子外，大概是覺得紮進褲子裡的穿法很像小孩子，不過她現在正在發燒，還是把衣服紮進去才不會讓肚子受涼比較好。但我沒多說什麼，只是裝作沒看到，然後把鞋子脫掉。

『你去燒開水，用冰箱裡的瓶子裝水。』

說完這句話後，她虛弱地坐在床上。

我走到廚房燒開水，順便拿出兩個茶杯，和老爸一起生活久了，這點小事我早就習慣了。

『你買了什麼蛋糕？』

『金色蒙布朗。』

『我就知道，真老套。』

這個蛋糕對我來說是充滿回憶的蛋糕。去年夏天，離家出走到東京的咲良準備回長野的時候，我和她坐在新宿車站月台的長椅上一起吃了這個蛋糕。而當時下定決心要到東京唸高中的咲良，現在就在我眼前。

『燒退了嗎？』

咲良摸摸她的額頭。

『嗯，我已經好多了。』

『醫生說我是疲勞過度，沒辦法，有很多事我還沒適應，光是天氣就和長野差很多。』

『水土不服吧，妳是不是開始想家了？』

看起來很虛弱的咲良雙眼依舊炯炯有神。她總是愛逞強，難怪會搞成這樣，所以我硬是把這句話吞了回去。

『紅茶在哪？』

『我只有香草茶。』

『是喔，香草也是種藥草，對感冒應該不錯吧。』

我端著香草茶走近咲良身邊，淡淡的草木香味隨即飄散開來。

『妳要吃蛋糕嗎？』

『也好，反正你都買來了。』

打開紙盒，取出三塊金色蒙布朗放在盤子上，我找不到叉子，只好先那樣端過去。

咲良想也不想就直接用手抓起蛋糕，狼吞虎嚥地吃了起來，很快就吃完整塊蛋糕。

『還有一個，妳吃吧。』

『對喔，小光說她在減肥。』

喝了一口香草茶，咲良開始吃第二塊蛋糕。這次也是很快就吃完了，看樣子感冒對她的腸胃並沒有影響。咲良又喝了口香草茶，然後看著剩下的那塊蛋糕。

『我沒在減肥，不過剛剛在餐廳已經吃過飯了。』

『那我吃囉。』

吃到第三塊她總算放慢速度慢慢品嘗了，看來我不必擔心她了，咲良已經在恢復當中。她拿著咬了一半的蒙布朗，輕聲地說：

『我昏倒了你才來，太慢了吧。』

『可是妳又沒說妳要見我。』

『你是機器人啊？你有大腦吧？不會自己判斷嗎？明知道我的個性還這樣說。』

『坦率、溫柔、人見人愛嘛。』

突然我覺得眼前一片黑，臉上有股黏黏的感覺。

『妳幹嘛啊？』

咲良把剩下的蒙布朗壓在我臉上，我趕緊捂住臉走到廚房，免得奶油和海綿蛋糕掉到地板上。我舔了舔黏在手上被壓爛的蛋糕，把殘渣丟到水槽，打開水龍頭清洗手和臉。咲良還是那麼兇，一點都不幽默，不過這才像是咲良。

我拿起一旁的毛巾把臉擦乾。

『妳才很了解我的個性吧。』

『畏首畏尾、想法消極，大家都不把你當作一回事。』

說得真毒，但也沒錯，反正咲良這種直截了當的表達方式我已經習慣了。

『所以我才說不出口，說想和妳見面。』

『少來了，明明就是參加社團太累了，連電話都懶得打。』

『妳怎麼這樣說，我今天也是練完社團就馬上趕來啦。』

『看來你的體力有變好喔。』

『嗯，一點點啦。』

咲良淺淺地笑了，看到她溫柔又冷淡的笑容，我只好舉手投降了。

『窩囊廢。』

聽到她這樣叫我，心裡覺得真開心，哪怕是發育不良的果實，只要努力還是可以成長茁壯。

電話聲響起，不是我的，是咲良的手機。她一臉不悅地看著手機螢幕。

『是我爸，沒關係，別管他。』

響了好一會兒，電話聲終於斷了，我的內心籠罩著厚厚的烏雲。

『聽說妳本來和妳爸約了要見面？』

『嗯，他說有事要跟我說，大概又是要我搬去和他一起住，所以我才不想讓他知道我感冒了。』

我想，應該不是這件事。但我不能多說什麼，因為我已經答應過老媽不說了，沒錯，就照老媽說的做。

『是喔。』我敷衍地回應著。

『什麼？』

但敏感的咲良似乎察覺到有什麼異狀。

『沒事。』

其實我真的很想告訴咲良那件事，告訴她的話，就算問題無法解決，至少我就不再是唯一知情的人了。

6. 咲良的策略

隔天是我進高中後第一次沒去練手球的日子，正確地說，其實是我蹺了社團的課。

搭乘末班電車回到家的我，可能是因為好不容易見到咲良的關係，閉上眼腦海裡交錯著許多畫面，讓我整晚難以入睡。雖然有些睡眠不足，但身體狀況還算ＯＫ，看樣子應該沒被咲良傳染到感冒，不過我還是蹺課了。

放學時，我努力保持鎮定對朝風同學說：

『不好意思，我今天不去社團了。』

我故意不說理由，雖然還是有先想好藉口，但對方是朝風同學，我想他一定馬上就會看穿我在說謊。

『是喔，我知道了。』

朝風同學不假思索地回應，不過我覺得他的雙眼就像電腦斷層掃描一樣正在透視著我。

『……』

與其說我像隻被蛇盯住的青蛙，我更覺得自己像隻小蝌蚪，完全動彈不得。朝風同學露出一抹微笑，像是和病患報告掃描結果的醫生一樣問我：

『是因為昨天的那通電話嗎？』

果然被他識破了。

『嗯。』

『你應該不是要去和女大學生約會吧？』

『怎麼可能。』

『我想也是，難不成是和咲良有關嗎？咲良現在不是在東京唸高中？那個女大學生是她認識的人吧？』

『嗯，是啊！』

對於朝風同學的提問，我都盡量簡短回答。這時候我真的覺得自己像是在海關被攔下來訊問的非法居留者。

『不然，我還真想不透隼怎麼會和女大學生扯上關係。』

朝風同學邊說邊露出困惑的表情，看起來一點也不像是平常的他。

雖然對他感到抱歉，但我還是急忙地離開學校。今天午休我到廁所打了電話給咲良，她要我放學後馬上趕過去見她。她的聲音聽起來很正常，也沒有再咳嗽了，但我還是毫不猶豫地說：『好。』

此刻我感到相當內疚，假如這件事被出雲知道的話，他一定會不斷逼問我，用無故蹺課的理由把我趕出社團，說不定還會要我在校內遊街示眾。反正，我們之間的友情一定會瓦解。

搭電車的時候，我一直想著大家正在做什麼樣的練習，同時又希望早點見到咲良。

走出女生宿舍附近車站的剪票口，我撥了電話給咲良，想問她需不需要幫她買些什麼。有幾個身穿制服的男女從我旁邊經過往月台走去，大概是這附近高中的學生吧，在這個時間回家的話，表示他們應該都沒有參加社團。我在國三之前也一直都沒有參加社團，所以不能理解班上那些有參加社團的人為什麼會那麼熱中。但明明我自己回到家除了做做家事之外，也沒有其他的事可做。

電話通了，咲良卻遲遲未開口說話，她應該人在外頭，電話那頭聽起來有點吵。

『是我，我已經到車站了。』

『是喔，我現在也在外面。』

『感冒好多了嗎？』

『嗯，差不多快好了。』

『那就好，妳現在人在哪裡？』

我想她應該還在女生宿舍附近，不過就算不是，只要咲良一聲令下，再遠我都會趕去的。

『我就在你附近。』

『附近？』

『這裡啦！』

『啥，哪裡？』

我朝剪票口的方向左右張望。

『不是那邊，看看別的地方。』

她這麼說，表示她是在看得到我的地方，我立刻轉頭尋找。

一台公車正好經過我眼前，等到擋住視線的巨大車體消失後，我看到站在對街的咲良正朝著我揮手。她看起來不是很有精神，而是一臉無奈地搖晃著手腕。啊！是咲良。

明明昨天才見過面，我卻感到有一股濃濃的眷戀湧上心頭。

確定左右沒有來車後，我快跑奔向咲良。

『妳怎麼會在這裡？』

『我來這裡喝點東西。』

咲良指著她身後的店，是一家咖啡廳。

『你想喝什麼？我請你。』

咲良要請我！這還真是難得。我點了杯原味咖啡，拿著咖啡跟咲良一起走上二樓的內用區。

店內沒幾個人，靠窗口的四人座有個穿制服的男生往我們看來。

咦？這個人我好像看過他。

正當我感到疑惑時，咲良已經走向那個男生的座位，我也趕緊跟著上去。

啊！是那傢伙！

那一瞬間，對方好像也知道我是誰了，原本疑惑的表情突然變成驚訝，隨後立刻變得充滿敵意。

他叫富士，去年秋天，我陪著咲良去參加高中說明會時他曾主動向咲良搭訕。今年冬天，我去幫咲良看放榜的時候，他也跑來找我說話。這傢伙超惹人厭，就連不喜歡和別人產生摩擦的我都想狠狠地給他一拳。

咲良直接坐在富士對面的位置，完全無視於我和他之間糟到爆的氣氛。

『隼也坐啊。』

雖然我很想問咲良究竟是怎麼一回事，但又怕不小心惹她生氣，只好乖乖坐在她的旁邊，說穿了，我就是個窩囊廢。

『你們應該都認識對方了，那我就不介紹囉。』

我和富士都不甘不願地點了點頭。

咲良喝了口杯子裡剩下的咖啡，氣氛也跟著靜了下來。

『謝謝你們之前來看我。』

咲良的話打破了沉默。

我一臉不悅地拿起咖啡喝了一口，哇，好苦！富士也伸手拿起杯子，但裡頭已經空空如也。哈！真糗。

『到底有什麼事？』既然沒東西可喝，富士只好開口說話。

『我想趁今天這個機會，把事情攤開來說清楚。』

咲良邊說邊窺探著我和富士的表情，我忍不住做了個深呼吸，富士看了則露出輕蔑的笑。

『四月的時候，我因為不知道該參加什麼社團，所以去體育館看了手球社。』

富士點了點頭，但我卻是第一次聽到，咲良在我面前從來沒表現出對手球有興趣的樣子。

『不過，我們學校沒有女子手球社，社長問我要不要當社團的經理，我拒絕了，我可不是為了照顧別人才大老遠跑到東京來。』

我不禁脫口說出：『我知道。』
咲良聽了只是淡淡地回了聲：『是喔。』
『也不知道算不算是巧合，這一切富士都知道。』
『真的是巧合啦。』
富士口氣微弱地反駁著。
『然後不知道是不是真的那麼巧，富士也加入了手球社。』
『……』
這下富士倒是無話可說了。
『你知道我為什麼要去看手球社嗎？』
富士好像有預感會聽到不想聽的話，搖搖頭一副不想聽的模樣。
咲良故意用極為平淡、不帶任何感情的口氣接著說下去，她可能認為這樣做比較有效果。
『因為隼參加了手球社，他的目標是參加Inter-High喔。』
我彷彿看到富士身後有股混亂的氣場快速升起，果然，他正瞪大著眼盯著我。富士這突如其來的舉動讓我不知所措，我只好偷偷地轉移視線。不知道我這樣是不是很窩囊？究竟咲良想試探的人是我，還是富士？

不管怎樣，對一向主張和平的我來說，這無疑又是件令我擔憂的事。

咲良，妳到底在想什麼？

我瞥了一眼身旁的咲良，覺得她真的很可惡。

7. 十肩

時間進入了六月的梅雨季。

我又作夢了，本來已經有好一段日子沒再作夢，這幾天因為下雨沒辦法練球，讓我多出許多打盹的時間。

夢境的內容很簡單，改變的只有登場人物，老爸、老媽負責的角色變成了咲良和富士。咲良抓住我的雙手，富士拉著我的雙腿，完全沒有佛洛伊德和榮格❷出場的分。醒來時只覺得一陣恍惚，摸不著頭緒。

我並沒有夢遊。背又痛了起來了，這已經是第二次了，如果是落枕，怎麼會連夢的內容和背痛的方式都一樣呢？

拉開窗簾，窗外正飄著雨。

是風濕嗎？

雖然這想法很老氣，但也不是沒有可能啊！我記得聽人家說過有風濕的人在天氣冷或下雨天就會出現痠痛的症狀。上一次背痛的時候，天氣是怎樣呢？我邊回想邊試著用

手搓揉背部，但就是想不起來。

難不成，是更嚴重的病嗎？

呆坐在床上好一會兒，疼痛感總算消失了。

要不要告訴老爸呢？我拖著沉重的腳步走出房間。老爸很愛瞎操心，要是我說了，他一定會帶我去醫院。我討厭到醫院做檢查，而且要是檢查的結果不好，我一定會很難過，就像被雨淋成落湯雞的感覺一樣。

走到客廳，只見老爸按著左肩不斷呻吟著。

『老爸你怎麼了？』

『我大概得了四十肩。』

『四十肩？』

什麼東東啊？有聽沒有懂。

『肩膀很痠，手舉不起來，手腕也動不了。本來都是超過五十歲的人才會有這樣的症狀，所以一開始叫做五十肩，不過現在愈來愈多年輕人也會這樣。因為老爸是四十多

❷佛洛伊德（Sigmund Freud，一八五六－一九三九），榮格（Carl Gustav Jung，一八七五－一九六一），兩位都是知名心理學家。

歲，所以叫四十肩，如果是三十幾，就是三十肩。』

『那如果是我，不就是十肩？』

『是啊，小學三年級以下就是不滿十肩。』

雖然老爸皺著眉看起來很痛苦，卻還不忘說冷笑話，看樣子應該沒有很嚴重，這讓我完全忘了自己的背痛。原本想講背痛的事，卻被老爸搶先了一步。

『目前為止我還沒聽過有年紀很輕的人得到這樣的症狀啦，聽說會這樣都是因為太少運動到肩膀，導致肌肉愈來愈僵硬，基本上都是不常用的那隻手會得到，像老爸慣用右手，所以是左邊得到四十肩。』

『可是老爸又不是用筆寫文章，你都是用雙手打字，所以這應該和習慣用哪隻手沒關係啦。』

『打字的時候會運動到肩膀的肌肉，所以不會痛，現在我還是可以正常打字。』

『那就好啦，不會影響到工作。』

老爸是靠寫作賺錢的人，至少不會影響到就好。

『你這小子真無情，就算可以打字，我的手腕也只能舉到這裡耶，你看。』

老爸把手舉到肩膀的高度，然後用右手按住肩膀的關節，就像拆除爆裂物的人一樣緩緩地、慎重地、像是在跳什麼奇怪的舞蹈一樣，將左手腕不停地彎曲並舉高。

『勉強舉高，結果又放不下來了。』
『那你就不要舉高嘛。』
『我想讓你看看我有多嚴重啊！』
說完後，老爸又重複相同的步驟慢慢地放下左手，真是個怪老頭。
『去醫院看看吧。』
『不，我要去給人家按摩。之前採訪過一位師傅，他是精通琉球武術的專家，氣功夫一流喔！有好幾個生重病的人都是被他的氣功治好的。』
『我才不信哩！』
『對啦，這是亂蓋的，不過他倒是個有趣的採訪題材，而且按摩起來的確有兩下子，不少有名的運動選手都有去找他治療。』
老爸接著說了幾個我認識的運動選手的名字。
我替四十肩的老爸準備好早餐，收拾乾淨後才出門。這時候，雨勢也轉小了，氣象預報也說下午應該會放晴，今天手球社應該可以練習了。
練習啊……我輕聲地嘆了口氣。
前陣子社團的練習變得不太輕鬆，三年級的學長們參加Inter-High輸了，導致一半以上的人都退社了。為了秋季的新人賽，二年級和一年級的我們就必須更加努力練習，星期六、日只要沒有下雨，就會和其他高中進行練習賽。比起四月時老是不斷被操，現在這樣真的算是天堂。而且，之前退社的一名社員也回來了，再加上後來加入的一年級新生，這些新生以前都參加過足球或籃球社，雖然沒有打手球的經驗，但運動細胞都很發達。

但還是不輕鬆，並不是因為沒能參加比賽，事實上剛好相反。

乍看之下，我的高中生活一切順利，實際上卻充滿煩惱與不安。就算我真的像老爸得了四十肩一樣得到十肩，也沒什麼稀奇的。

放學後，操場裡還積了幾個小水坑，陽光照在水坑反射出光，天氣明顯好轉，這也意味著手球社今天要練習。練習完傳球和射門後，二年級和一年級分成兩隊進行練習賽，今天倒是第一次直接用學年分隊比賽，因為一年級的新生增加了，所以才能這樣。

聽到這個消息，出雲顯得相當興奮。

『今天我一定要拿到那個位置。』

前陣子，出雲都沒被分派到他最擅長的45，因為二年級裡也有個左撇子，之前的練習賽，出雲就是被那位學長搶走45的位置。被分到助攻的出雲雖然對能上場比賽感到高興，心裡應該也累積了不少壓力。

我就和國中時一樣，仍舊堅守Post的位置，不過有時候會被分到出雲最希望的45。

二年級裡有不少學長射門的準確率比我還高，但球速比我快的卻沒半個。

這也難怪出雲今天會那麼興奮了，雖然我之前也不是自願搶走他想要的45，但對不服輸的出雲來說，我站在45這件事一定讓他覺得很嘔，又沒辦法把氣出在學長身上，只好遷怒於我。每次練習後他總會對我說些酸溜溜的話，明明應該是關係最親近的出雲卻表現出這種態度，教我怎麼輕鬆得起來？

瀨戶老師發表完二年級的隊員位置後，接著發表一年級的位置，朝風同學是守門員，我還是Post。

『出雲負責助攻。』

一直深信自己今天會被分到45的出雲不禁露出懷疑的神情，呆站在原地，吃驚地瞪大雙眼，眼皮也沒眨一下，在場的所有人也都屏住呼吸。

過了一段時間，出雲總算回過神來，但臉上盡是失意。

『我覺得不太舒服，我想回家休息。』

丟出這麼一句話後，出雲頭也不回地往前走。

『這樣啊，那你好好休息吧。』

瀨戶老師毫不猶豫地答應。

『出雲，等一下！』

我抓住出雲的左手想留住他，他就像被碰到痛處一樣，狠狠地甩開我的手。

『不要管我。』

『可是……』

朝風同學用手按住我的肩膀，說：

『出雲，明天記得來喔，我等你。』

這樣讓他離開好嗎？面對我疑惑的眼神，朝風同學立刻迴避。這下該怎麼辦才好，

我轉頭看了看瀨戶老師。

她卻若無其事叫出替代出雲的人的名字。

8. 冷靜是雨的味道

下雨天的圖書室安靜得像喪禮一樣莊嚴肅穆。

我坐在靠窗的位置，翻開一本厚厚的書。我並不是個對人生感到疑惑的文學青年，看的書也不是杜思妥也夫斯基的《罪與罰》，不過也許將來會考慮看一下。我正在看的是一本類似《家庭醫學》的醫學百科，不過內容比較簡單。

因為，我又作夢了。

距離之前作的夢只相隔短短一天的時間，這次出現在夢裡的是瀨戶老師和出雲。真是夠了！我想已經辭世的佛洛伊德和榮格對我的夢也會大感不可思議吧。看來我的夢找不到任何解釋，只是單純的壓力所致。

我試著說服自己，那只是因為我太淺眠了，但背部依舊感到疼痛，今天早上也是在一陣刺骨的疼痛中醒來。

加上今天已經是第三次了，我既不是夢遊，也沒有落枕，可是背真的好痛。本來打算和老爸說這件事，誰知道他一早就出門了。話說回來，昨晚他邊動著左手腕邊跟我說連續三天接受按摩治療果然有效。對了，老爸還說從今天開始要去出差，預定進行三天兩夜的採訪。

這樣的話，我想找他商量也沒辦法，早知道就先問他是去哪裡按摩的。不過只要打電話給老爸，還是可以問到地址，去找那個神通廣大的琉球武術高手。可是我沒勇氣自己一個人去，此刻我的腦海浮現的是一個隱居在魔窟的老人。

我也不清楚背部的痛究竟是肌肉痠痛，還是風濕之類的神經痛，假如是更嚴重的病，那可就糟了，況且老爸也說那個高手能治百病只是個幌子罷了。

快速瀏覽書上關於脊椎骨與脊髓的說明，我心裡充斥著不安。我想弄清楚背痛的原因，同時卻又害怕知道真相。書上印著可怕的病灶圖片，讓我原本翻頁的手停了下來。窗外的雨勢變得更大了，圖書室裡一片寂靜，假如現在打個雷，我說不定會立刻心臟停止。

正當我這麼想的時候，有個人抓住我的右肩。

『你在幹嘛啊？』

我就像接受電療的人一樣，身體不自覺地震了一下，嘴裡還『呃！』地一聲，發出像打嗝一樣的聲音。

回過頭一看，原來是出雲。

『我在查點東西啦。』

我急忙合上《醫學百科》，試著讓自己的聲音保持鎮定，不過我的聲音聽起來還是有點緊張。

『你在查東西？』

出雲邊說邊看了一眼我放在桌上的《醫學百科》，突然緊張了起來，他放在我右肩的右手變得更用力，指尖好像快插進我的肩膀裡。話說回來，他到底在訝異個什麼勁啊？

『你怎麼了？』

『沒啦、沒什麼。』

出雲一臉不悅地撇過頭去。

雖然我覺得他很可疑，但一想到我們在圖書室裡，就不再追問下去了。我們說話的聲音對一向喜歡安靜待在圖書室的人來說一定覺得很吵，周遭指責的視線化作無聲的石頭朝著我們扔過來。

『出去吧。』

我壓低聲音對出雲說，他似乎也察覺到氣氛不太對，輕輕地點了點頭。

我把《醫學百科》放回書架上後走出圖書室，然後一直走向樓梯的轉角處。雨天的校園有種陌生的感覺，出雲找了階梯坐下，我站在一旁背倚著牆，一股冷冷的濕氣傳來。雖然剛剛匆匆合上《醫學百科》，但如果可以，我倒是想直接把背痛的事告訴出雲，要是我們倆夠麻吉，我一定會告訴他。

我和出雲靜靜地聽著雨聲好一會兒，又或者是假裝在聽雨聲。今天大概又和昨天一樣不必練手球了。

『你覺得我比較適合Side嗎？』

出雲首先開口打破沉默，不過，他這問題也問得太突然了吧。

我認為不適合，助攻等於是45的幫手，不太有射門的機會，這對喜歡出風頭引起女生注意的出雲來說，自然不是個適合的位置。

『我個人是認為，你不太適合啦。』

我慎重地回應他。

『根本就不適合。所有一年級的社員裡，就屬我最不適合。』

『這就有點誇張了。』

『不，一點也不，我敢保證絕對是這樣。』

出雲完全聽不進去我的意見，於是我試著換個角度問他：

『那你覺得一年級裡誰最適合Side這個位置？』

『……』

出雲沒有回答，我想，他大概覺得所有人都適合，就他自己除外。

『姑且不管助攻這個位置，像朝風同學不管哪個位置都很適合。』

『喔，也許吧。』

出雲勉強地點點頭。朝風同學不只是個全能運動員，在其他方面也很有才華，真是個受上天眷顧的幸運兒。相較之下，努力祈求上天也沒有回應的出雲，和被老天爺冷眼看待的我，果然就是差他一截。

『可是，如果朝風同學負責Side就沒有人守門了，這可是個大問題。還是說，你要去守門？』『又沒有人叫朝風去Side，我也不可能去守球門好不好。』

朝風同學的地位真是完全不受動搖。

『最厲害的人要是不行了，就得再找可以遞補他的人，那個人也許就是你，或是其他的社員。我們才剛升上高中，一年級的新社員裡有一半又都沒打過手球，說不定會有其他更適合擔任Side的人，我想瀨戶老師會要你負責助攻可能有她的考量。』

『怎麼說？』

『她可能是想利用你的敏捷度，組成一支速攻型的隊伍。』

出雲用力地搖搖頭。

『隼，你打手球的技術沒進步，嘴巴倒是挺會說的，不過我也沒那麼好騙。』

『我又沒有要騙你，我只是想和你一起打手球而已。』

『我看你想靠我的Side幫你射門得分吧。』

『我才沒這樣想。』

『那你來當助攻啊！』

『如果瀨戶老師這樣要求，我會照做，就算不是Post也無所謂，所以你也別再執著於45那個位置了。』

『你說什麼！』

出雲突然站起身，快速走到我眼前。我的口才果然還需要鍛鍊，出雲生氣的樣子就是最好的證據。

『你不要仗著瀨戶老師喜歡你就想對我說教。』

出雲舉起握拳的左手，我大概要被揍了，現在想逃也逃不了，想閃也閃不掉。雖然我也覺得自己挺討打的，但還是有些不甘願，說穿了，我就是討厭痛的感覺，我現在為了背痛的事已經很煩了。

突然間出雲放下了左手，臉上還露出奇怪的表情，發生了什麼事？

『雨天真教人憂鬱，社團都不能練習。』

樓梯上傳來說話聲，我抬頭一看，發現是瀨戶老師，這下我總算明白出雲為什麼不揍我了。

瀨戶老師緩緩地走下來，抓抓我和出雲的頭髮，她那對出雲最愛的D罩杯也跟著搖晃起來。

『你們已經是高中生了，別再像國中生一樣打打鬧鬧。』

對了，還記得我國中剛進手球社沒多久，有一次和出雲打了一架，那時候就是瀨戶老師幫我擦藥的。

瀨戶老師收回放在我們頭上的手，繼續往下走，不過，中途又回頭了一下。

『出雲，你現在需要的是好好冷靜。』

『……』

不爽的出雲臉上露出一抹疑惑，瀨戶老師說完就離開了。

『聽不懂啦——』

一說完出雲便走離我身邊，離開時，我聞到有股微微刺鼻的藥布味，也許，是雨的氣味。

9. 超煩人的六月蒼蠅

一個人在家吃飯真的很無聊。

一直到我唸國中，老爸才開始接必須外宿的工作，我也是從那時候開始習慣家裡不再有老媽，也開始覺得自己做飯是件有趣的事。不管是一人份還是兩人份，做比吃更有趣，所以就算最後只有我自己一個人吃飯，我也不覺得孤單或無趣，因為飯菜會和我對話。我還真是個裝成熟的小鬼。

我並不討厭做菜，但今晚還是決定做個簡單的豬排蓋飯就好，並不是因為明天有比賽啦❸。氣象預報說明天還是會下雨，操場不能用，體育館也輪不到我們手球社用，社團的練習也會暫停。

豬排蓋飯的炸豬排是在附近的熟食店買的，本來我打算切高麗菜絲做成酸醬豬排飯，但又覺得很麻煩，最後只打了個蛋，加入蔥段做成普通的豬排蓋飯，還在豬排上放了片鴨兒芹。

『配菜不夠豐盛的時候，就用餐具充充場面。』

我想起老爸以前採訪時聽到的這句話，於是拿出漆器的飯碗裝豬排飯。看起來是好多了，食慾也跟著來了，不過，窮酸樣還是沒有消失。

快速地把飯扒光後，我趕緊清洗飯碗。漆器遇到油很容易受損，我小心翼翼用熱水清洗，再用柔軟的抹布擦拭乾淨，洗碗的時間比我吃飯的時間還長。

洗完碗後，我躺在沙發上稍做休息，修長的手腳這時候變得很礙事。我不想看晚報，電視開著也沒什麼在看，原本想彈一下吉他，卻又覺得麻煩。老媽的事、背痛的事、出雲的事……全都悶在我心裡，偏偏老爸又在這時候出差了，害我連個商量的對象都沒有，也找不到其他可以商量的人。再加上咲良上次安排我和富士見面的事也讓我耿耿於懷，看來我最近的運氣真是差透了。

此時，丟在桌上的手機響了起來。

是咲良，聽到來電鈴聲我就知道了。明明現在很想找人說說話，我卻猶豫著到底該不該接。自從上次被強迫和富士見面後，我愈來愈搞不懂咲良心裡究竟在想什麼。老實說，我現在還是很生氣，別看我這樣，我也是個有血有肉的人啊！我瘦弱的身體裡一樣

❸豬排的日文發音（katsu）和日文的『勝利』相同，因此日本人遇到重要考試或比賽時有吃豬排祈求勝利的習慣。

隱藏著許多複雜的感情，內心一片漆黑。可是，如果咲良說想見我，我大概又會沒骨氣地趕去她身邊，是啊，我就是這麼窩囊。

最後，我還是接了電話，電話那頭傳了不耐煩的聲音。

『你現在在外面嗎？』

『我在家。』

『那你幹嘛不趕快接電話，難道你有事瞞著我，所以故意不接電話嗎？』

連個招呼都不打，劈頭就是一頓罵，我頓了頓，接著說：

『我剛剛手機又不在身邊。』

一半是真，一半是說謊。

『那你現在可以說話囉。』

『……』

我感覺剛剛吃下肚的豬排好像在胃裡翻攪起來，突然覺得想吐，還打了個嗝。

『我不是要說富士的事啦。』

聽到咲良這麼說，讓我放心不少，結果又忍不住想打嗝，只好趕快把話筒拿遠一點。

『剛剛我爸爸打電話給我，他說明天要和我見面。』

ㄜ～嗝打了出來。我想應該是那件事吧，我開始裝糊塗，說：

『是喔，那妳要小心別又感冒囉。』

『絕對不會。』

咲良的口氣變得更不耐煩。

『但我覺得怪怪的，我爸爸好像很急著要和我見面。』

『大概是因為妳之前取消了和他的見面吧。』

『可能吧，可是他說話的語氣好像在打探什麼一樣，他還問我最近有沒有和你見面，見了面又說了什麼。』

『他只是在擔心妳而已。』

『真的只是這樣嗎？』

『那我就不知道了。』

我已經和老媽約好不說了，而且從我嘴裡說出那件事也很奇怪，雖然我曾經很猶豫，但最後還是決定當作不知道。

『你和你媽媽還有在見面，對吧？她是不是說過什麼？』

『說什麼？』

短短的三個字我卻說得含糊不清，就像臼齒裡卡了豬排蓋飯的蔥段。

『我要是知道哪還需要打電話給你。』

頓時間我彷彿看到咲良生氣鼓脹的臉，就像用３Ｄ視訊電話和她對話一樣清晰鮮明。我快撐不住了，如果她再追問下去我可能會說溜嘴，早知道就不要那麼快把豬排蓋飯吃完。

『明天和妳爸爸見了面不就知道了。』

『你果然知道些什麼吧？』

『就跟妳說了沒有嘛。』

『真的沒有？』

『妳不相信我也沒辦法。』

『你應該不會騙我，對吧？』

為了保守秘密，我實在憋得很辛苦，而咲良不會明白我現在有多痛苦。遵守和老媽的約定很痛苦，不能告訴咲良也很痛苦，看到咲良和富士那討厭的傢伙相處愉快更讓我很痛苦。

『只要妳不傷害我的話。』因為太痛苦了，我忍不住這樣回應她。

『你說什麼！』

我連忙將電話掛斷。因為種種原因，我現在不想再和咲良說話，我知道不說一句話就掛斷電話很沒禮貌，可是嘴笨的我只想得到這個方法，等我回過神後才驚覺自己已經把電話切斷了，這也算是小動物的防衛本能，消極的反擊，逃跑。

緊握著手機，我躺回沙發小睡一下，也許等一下咲良又會打電話來。我打算不要接，但又無法百分之百保證不接，像剛剛我還是忍不住接了。

等了好一會兒，咲良都沒再打電話來。雖然鬆了一口氣，卻又覺得有些失落，真是複雜的心情。咲良一定生氣了。

『也不想想自己是個窩囊廢……』我好像聽到她這樣說。

明天晚上，等咲良和她爸爸見過面我再打給她好了，這種誠惶誠恐的態度才符合窩囊廢的特色。

後來，我大概睡了十分鐘。手機的聲音把我吵醒，起先我以為是咲良打來的，但聽來電鈴聲卻不是。我心想可能是小光，看了看號碼也不對，小光的手機號碼我早就輸入電話簿裡，是一個我沒看過的號碼。

我接起電話。

『是窩囊廢嗎？』

是個男生的聲音，口氣聽起來不太友善。我好歹有名有姓，就算是粗線條的出雲也不會沒來由地就叫我窩囊廢，只有咲良才能這樣叫我，不過我還真希望她別再這樣叫我了。

『我不是。』

氣死我了！我打算直接掛斷，這種情況就算掛斷電話也不算失禮。

沒想到電話那頭卻傳來嘲笑的笑聲，仔細一聽，我總算知道對方是誰了，那個和我一樣沒出息的雄性生物。

『你怎麼知道我的手機號碼？』

『有人告訴我的。』

原來如此，是誰？想也知道就是她，真令人火大，我感覺一股火氣直衝腦門。

『我想和你見個面。』

『……』

『喂，你有沒有在聽啊？出個聲啊！』

對方的聲音變得很小，我的腦海想起另一件事。

我把電話掛了。記得有句話叫「五月蒼蠅」，就是很煩人的意思，我覺得剛剛電話裡的那傢伙是「六月蒼蠅」，超級煩人，只要和他多說一句話就會氣到休克，最好的方法就是趕走他。

咲良，妳是為了剛才的事故意那麼做的嗎？

10. 誰稀罕那種膽量

昨晚總算沒作夢，不過可能是因為中途醒來，所以忘了自己作過夢。算了，反正沒夢到被兩隻巨大的六月蒼蠅男拉扯雙手雙腳，已經算是不幸中的小幸了。汗水濕透了身上穿的T恤，而且還是有點黏黏的那種。

噢，背好痛，心臟也好痛。

事到如今，應該不會錯了，雖然很不想承認，但我應該是生病了，也有可能是脊椎骨哪裡裂了或骨折了。不管是生病或受傷都不是件好事。

偏偏這時候老爸又不在，兒子正處於內憂外患的危機下，他卻出遠門採訪。

出門上學時疼痛感消失了，但我還是好害怕，為了甩開心中的不安，我勉強自己在雨後灰濛濛的街道中狂奔。到了學校，時間還很早，距離第一堂課還有好一會兒。

我把書包放在教室，往平常根本不會去的教職員辦公室走去。

目標是瀨戶老師，我決定和她商量看看背痛的事。雖然瀨戶老師不是保健室阿姨，但她好歹也是上過大學、受過專業訓練的體育老師，還是手球社的指導老師，這時候只好先把她和老爸交往的事擺一邊，我想她應該多少了解我的狀況。

想是這麼想，到了教職員辦公室往裡頭一看，我又開始猶豫了，辦公室裡一整排都是老師。

我提心吊膽地走近瀨戶老師的座位，好像不小心把東西弄壞、準備向老師報告的學生一樣。

『老師……』

正專心在筆記本上寫東西的瀨戶老師聽到我微弱的聲音，只用眼角瞥了我一眼，然後立刻抬起頭，朝我的方向移動椅子。她今天也穿運動服，豐滿的胸部在移動中跟著晃了起來。

『怎麼啦？』

『我有點事想跟您商量。』

瀨戶老師用鼻子嗯了一聲，雙眼直視著我的臉。

『是出雲的事嗎？』

也算是啦，不過比那件事更嚴重。不知道怎麼開口的我有些支吾其詞。

『不是，嗯，也是啦。』

『別擔心，出雲雖然很會鬧彆扭，但都只是一時的。』

瀨戶老師朝向著操場的窗口看去。

『今天應該可以練習，出雲一定會來的。』

『那就好，我……』

話到一半，我想著該怎麼接下去說，沒想到這一停頓卻讓瀨戶老師誤會了。

『隼，當初我很看好你的射門爆發力，所以答應讓你入社。我安排你站Post，並不是要你立即去了解全隊的狀況，只是希望利用你身高的優勢去突破防守，然後使出全力射門就好。』

這時候我的表情一定很困惑，所以又讓瀨戶老師繼續誤會下去。

『沒關係，你只要學會控球和培養膽量就沒問題了，當然還有技術。』

瀨戶老師用半開玩笑的語氣鼓勵我，我不禁向她敬了個禮，結果瀨戶老師以為我已經說完想說的話，立刻轉過身面向桌子。

我無奈地離開辦公室，到頭來還是沒把想說的話告訴瀨戶老師。眼前的走廊看起來就像條狹窄彎曲、高低不平的道路，每踩一個階梯都覺得好累。回到教室後我走到自己的座位坐下，嘆了口氣。

當然沒問題，控球、膽量和技術，只要身體健康當然沒問題，但目前的我卻是問題一堆啊！

儘管如此，時間還是照常地過，眼看這一天又過了一半，我的脊椎骨恐怕又更惡化了。

停了好幾天的社團今天終於開始練習，我卻完全提不起勁，但也不想休息。也許我的脊椎骨正在不斷惡化中，不過整個早上倒是一點也不痛。表面上看來我是個健康的高中男孩，雖然身上沒有厚實的肌肉，但也不至於到鬆垮垮的程度。個子高，手腳又長又大，正值旺盛的發育期。發現背痛之前，我從沒懷疑過自己的身體。

到了社團，出雲果然在那。看到出雲讓我的心情稍稍平復了些，但他卻連正眼也不瞧我一眼。

一如往常，我們開始做柔軟操、馬拉松和傳球的練習。基本練習結束後，緊接著是二年級與一年級的比賽。想當然，朝風同學又是守門員，而我是Post，出雲是Side，這和之前分派的位置完全相同。

我偷偷看了看出雲，其他的一年級社員似乎也有些緊張，真怕出雲會像上次那樣發火。所幸他並沒有，既然今天會來，我想出雲大概已經想通了。

比賽開始了，出雲表現得很穩，也許是冷靜下來的關係，他今天助傳射門的成功率很高。出雲不斷把球傳給站在Post的我，或是站在他想要的45的隊員，但他自己卻都不射門。也多虧了出雲的Side，我們的分數才沒有落後二年級太多。

不過，出雲看起來很沒精神，就像放在工廠角落、受電腦控制的機器人一樣，來！這個球給45、這個給Post，我的工作就是把球給你們而已，射門有沒有得分都和我沒關係。

受到出雲的影響，我接到球後反而不知道該怎麼射門，結果被二年級包圍，最後球就被搶走了。換做是平常的出雲，就算只是練習，他一定會對我破口大罵，然而今天的出雲連根眉毛也沒動一下，臉上像是被塗了膠水，或是戴著面具一樣表情漠然。我突然感到背後一涼，但和脊椎骨的痛沒關係。

前半場的比賽結束了。

只顧著注意出雲的我這才發現瀨戶老師身旁站著一個男生，身上穿的卻不是我們學校的制服。

不會吧！我定睛一看，居然是昨晚打電話來的那個「六月蒼蠅」。看了看四周，卻沒看到咲良。

『隼，是你認識的人嗎？』

朝風同學問我，我默默地點點頭，朝富士的方向走去，只見他一臉奸笑站在原地。

『你來幹嘛？』

『參觀啊，我想看看準備參加Inter-High的手球社都做些什麼練習，順便看看你們的實力如何。』

瀨戶老師站到我們兩個中間，她應該是察覺到我和富士之間不尋常的氣氛，她笑著問：『隼，你認識他啊？』

『嗯，算是。』

我輕輕地點點頭，認識是認識，但不是我自願想和他認識的。

瀨戶老師接著問富士：

『所以呢，你覺得我們社團如何？』

『二年級的整合力還不錯，一年級就有點差強人意了。我聽說有很多是國中就開始打手球的人，應該都有一定的實力，但今天看來只有守門員還算ＯＫ。』

『你說什麼！』

出雲衝了過來，一副想揪住富士的樣子。直到剛才都面無表情的出雲不知道什麼時候脫下了面具，變回好勝不服輸的他。

『哦~你是剛剛的Side吧，剛才比賽的時候怎麼不見你這麼有精神啊？』

『你少在那裡不懂裝懂，隨便亂批評。』

正當我準備上前制止時，本來在後方的朝風同學也上前來按住出雲的肩膀。

『你也在打手球嗎？』

『剛開始而已，但我練得很順，因為以前打過籃球。以前聽人家說打手球的人多半是從籃球或足球社裡淘汰的人，這下我總算了解了。看起來是很像，不過程度差多了，我從國中開始就一直是籃球社的正式隊員。』

富士這番話恐怕又會惹惱那些從籃球社和足球社轉來的新社員。

『你滿有膽量的嘛！隼，你要跟他學著點喔！』

瀨戶老師話一說完，大家的視線都落到我身上。

都是我，都是我害大家得受富士這傢伙的鳥氣。

『那我還有事，先告辭了。』

富士緩緩地行了個禮。

『好，後半場開始囉。』

在瀨戶老師的一聲令下，大家重新回到球場，我被搞得一肚子大便，但還是得快點跟著。

後半場的比賽打得很差，出雲已經完全失去冷靜，我的射門也變得自暴自棄，幾乎都是暴投。

11. 國王耳邊的東風

為什麼我會在這裡……想得再多，眼前的事實也不會改變。

繞過學校往車站的路上會經過一間寺廟，我從沒和社團的人來過這裡，這個地方只有住在這附近的我才知道。我坐在一張長椅上，手拿著寶特瓶甩來甩去，裡頭還有喝剩下一半的運動飲料。

再過一會兒就是傍晚了，廟裡的喇叭會播放『七個孩子❹』那首歌。低垂的雲看來有些紅紅的。

平常，如果是這樣的場景，坐在我身邊的應該是個女生，而且，接下來應該就是要進行愛的告白。

『我就直說了，我喜歡咲良，我對她一見鍾情。』

果然是愛的告白，而且還非常直接，像是下戰帖一樣的告白。這也難怪，因為站在我面前的就是富士。

『如果你只是想說這些話，用不著到我們社團來亂吧。』

真受不了這傢伙，怎麼那麼討厭，我現在只想快點結束和他的對話，他想說什麼都隨便他了，對我來說最重要的是要怎麼為他剛剛的行為善後。

『誰教你一直躲，那我只好主動來堵你，而且我不是去亂，是去參觀。』

『你是不速之客。』

『那你就當成我是去視察敵情好了。』

『你的敵人也只有我吧？幹嘛把其他人也拖下水。』

富士聽了似乎有些語塞，但又馬上接著說：

『我沒考慮那麼多。』

這傢伙！這種話也說得出口，還一臉理直氣壯！

『富士，你以為你是哪國的國王嗎？』

『不，我只是個普通的日本高中生。不過，就算國王我也不怕，我知道地球不是繞著我轉動，但我只憑我的感覺行動，不可以嗎？』

看到富士這種凡事都不為所動的氣勢，我也只能自嘆不如了，同時也不免怨嘆起讓我和這傢伙搭起關係的咲良。

❹『七個孩子』，日本童謠中最廣為人知的一首。由野口雨情作詞，本居長世作曲。

我不發一語，拿起運動飲料喝了一口。可不可以又不是你說了算，你已經造成我的困擾了。

『幹嘛不說話？也沒差啦！我今天可不是為了告訴你我的生活態度，才特地蹺社課來找你的。』

『我想也是。』

富士朝我走近，說：

『你和咲良是什麼關係？』

這問題可難倒我了，我自己也不知道答案是什麼。

『你不會去問咲良？你不是連國王都不怕的嗎？』

既然如此，你就不必像我一樣對咲良女王顧慮再三啦。

『我問啦，她說你是遠親。』

『她這麼說，那就是啦。』

『難道不是嗎？』

『法律上我們算是幾等親我也不知道，雖然我們之間沒有血緣關係，但我和咲良的確算是親戚。』

我輕描淡寫地描述事實。糟糕！一不小心說漏嘴了一句。

『不過，可能會變成姊弟。』

『姊弟？』

富士皺起眉頭，此刻的我或許也正皺著眉頭。

真是煩死人了。

『到底是怎麼一回事？』

我想起了銀河，他是咲良媽媽再婚對象的孩子。在咲良來東京前，他們一直同住一個屋簷下，姓氏也相同。雖然銀河和咲良沒有血緣關係，卻還是她的弟弟，而且咲良的媽媽和再婚對象，也就是銀河的爸爸又生了一個小寶寶，小響。她是咲良同母異父的妹妹，這麼一來，咲良和銀河的姊弟關係又變得更明確了。

那，我和咲良呢……？

這件事我也想過好幾次。

『可能會變成姊弟？到底是怎麼一回事？』

『我不知道啦！』

我側頸思索著，富士見狀，立刻搖搖頭接著問：

『算了，你只要回答我，你是不是喜歡咲良？』

這教我怎麼回答，我可以喜歡自己的姊姊嗎？我又喝了口運動飲料，淡淡的甜味到了嘴裡卻像歐洲的硬水一樣苦澀。

『無可奉告。』

『別鬧了。』

『我沒有鬧。』

其實我根本沒有回答的義務，不過這個問題的答案我暫時保留。

我往地面一看，地上映照出富士長長淡淡的身影。

『那富士你呢，你到底喜歡咲良哪裡？』

『你真卑鄙，不回答別人的問題，卻只顧著問。』

『不想說就算了。』

頓時間我想到一件事，人為什麼會喜歡別人呢？

富士遞出一張照片。

『很像吧。』

我接過照片後，富士也跟著坐下。

照片裡是一個穿著夏季制服的女孩，表情有些不悅地瞪著鏡頭，看起來大概和我們同年，身材纖瘦，五官清秀，稱得上是個美少女。

『像誰？』

『咲良。』

我又重新看了一次，和咲良並不像，除了那雙像是隱藏著什麼、想訴說著什麼的眼神之外。

『我不覺得耶。』

『五官是不像，但是她們的感覺很像，至少對我來說是這樣。去年秋天在學校說明會看到咲良的時候，我整個人就像被大風吹襲的樹枝一樣，全身的神經都豎了起來。』

這種一見鍾情的方式，富士還真像個詩人，詩人有時候的確會給普通人帶來麻煩。

『這照片裡的人是誰？』

『大我三歲的姊姊。』

原來如此，不過，她和富士似乎不太像。如果是大他三歲的姊姊，現在應該已經高中畢業了，看得出來這張照片已經有一段時間了。

『是親姊姊嗎？』

『對，我姊姊比較像我爸，我比較像我媽，所以我們看起來不像。』

富士有點不爽。雖然我的家庭很複雜，但不代表別人家也是這樣。也許就是因為不像，所以富士才會被他姊姊吸引。

『你該不會是戀姊情結吧？』

我說這話沒有惡意，因為我對咲良的情感說不定也是變形的戀姊情結。
『你懂什麼！』
富士的口氣相當強硬。
『……不，我是不懂啦。』
『那你就不要亂說話。』
『我沒有惡意。』
富士一把搶走我手中的照片，快速地站了起來。
『反正，我就是喜歡咲良，所以對我來說你很礙眼。』
突然，我聽到『啵』一聲，類似麥克風打開的聲音，沒多久廟裡的喇叭就開始播放
『七個孩子』。不知道什麼時候，空中低垂的雲已消失了顏色。

12. 不速之客2號

剛剛上課時明明很想睡，吃過午餐應該會更睏，可是為什麼我卻覺得愈來愈清醒。罩著霧氣的玻璃窗外，操場裡正下著雨，看起來暗暗的。

我到朝風同學的教室去了一趟。

我看見他坐姿端正地看著書，我猜想那是本內容很艱深的書，卻看到朝風同學在笑。看來就算是將來想當高官的優等生，也是需要喘口氣放鬆一下。

我舉步準備進入朝風同學的教室，頓時間覺得自己的腳像是穿著濕透的鞋子一樣好沉重。真是奇怪了，我又沒有在下雨的操場裡奔跑，怎麼會有這種感覺呢？

其實我是來為昨天的事道歉。本來昨天就應該打電話向朝風同學道歉的，但我最後還是沒打。不知道為什麼就是覺得好麻煩，全身上下懶洋洋的提不起勁，不過又和練完社團後的疲勞感不同，總之就是不想和任何人說話。

話雖如此，總不能就這樣下去，我的確給大家帶來麻煩，雖然罪魁禍首是富士，但我也算是間接的原因，況且富士也沒打算道歉，看來只好由我低頭認錯了。

心裡的歉疚，加上今天社團又休息，為了趕在今天之內道歉，我決定好好利用午休時間。

『隼，有事嗎？』

我還沒出聲，朝風同學就已經察覺到我的出現，他合上了書，書名是《卡拉馬佐夫兄弟》，作者是杜思妥也夫斯基。原來除了《罪與罰》，他還有其他的作品。這個作者的名字我有點印象，好像是俄國人，朝風同學看這樣的書居然還笑得出來啊。

『這書看起來好難懂。』

『怎麼會？杜思妥也夫斯基其實滿搞笑的。』

聽到朝風同學這麼說，我實在笑不出來，甚至還覺得很無奈。平平都是十六歲，怎麼差這麼多？到我們離開這個世界前，差距又會有多大？我想就算我使出全力大叫，我的聲音就連朝風同學頭上的一根白髮也動不了。

不管那麼多了，先道歉再說。

『昨天引起那麼大的騷動，真的很抱歉。』

『你是指富士的事嗎？』

『嗯，等到社團可以練習的時候，我會再向其他人道歉，不過，我想趁今天先向你道歉。』

我抬起頭看了看朝風同學，他指了指旁邊的空位要我坐下。

『富士的舉動的確很失禮，讓人很不愉快，但我想最終的理由還是在你身上吧。』

『我也不知道怎麼說比較好。』

我開始說起和富士之間的事，朝風同學也不時地輕聲回應。

『所以說是因為咲良囉。』

『嗯，大概可以這麼說。』

真不愧是看杜思妥也夫斯基的人，觀察力果然敏銳。

『富士喜歡咲良，對吧？』

『好像是。』

『但是，咲良的身邊有你。』

『……』

朝風同學面露愁容，就像個俄羅斯文學家。

『怎麼會這樣呢？』

我聽到朝風同學說了這麼一句，那語氣彷彿是有什麼事出乎他的預料之外。

『什麼？』

『不，沒什麼。』

真難得朝風同學會這樣含糊帶過，但他馬上又恢復以往冷靜分析的語調，說：
『關於富士的事你就別放在心上了，他也是得到瀨戶老師的允許才來社團參觀，他說的話也沒什麼好在意的。其實我倒覺得挺有趣的，瀨戶老師可能有她的考量，或許她是想給一年級的我們一點刺激，才會放任富士那樣口不擇言。』
『也對。』
『你看，出雲的反應不就很激烈。』
『後半場的比賽他比平常還投入。』
聽著聽著，我也不禁反問朝風同學：『為什麼瀨戶老師不讓出雲繼續待在45呢？』
『對出雲來說，擔任Side是一個很好的學習機會。』
『他好像不那麼想。』
『不過，應該還有其他原因。』
『是什麼？』
『這我就不知道了。』
『連朝風同學都不知道啊。』
『是啊，我不知道的事可多了。』
我和朝風同學的視線微妙地對上，可能是梅雨讓空氣的濕氣變重的關係。

『我想，瀨戶老師一定很討厭我。』

我和朝風同學同時朝聲音的來源看去，不知道什麼時候，出雲就站在那裡，而且離我們很近。

『你什麼時候來的？』

有別於一臉困惑的我，朝風同學的聲音顯得相當冷靜。

『剛來不久，我好像聽到你們在說我的事，所以就順便進來聽一下。』

『是喔。』

出雲有些不爽地瞪了我一眼。

『沒想到隼還特地來找朝風同學討論我的事，看來我是沒救了吧。』

看樣子我好像又惹上麻煩了，我有些無奈地趕緊向出雲澄清。

『不是你想的那樣，我是來為昨天的事道歉的。』

『然後順便聊聊我的事打發時間啊。』

『我哪有……』

無視於我的解釋，出雲冷不防地放出毒箭。

『這麼快就有人來社團看你，老師喜愛的傢伙果然就是不一樣。』

『你說得太過分了。』

朝風同學立刻出言為我制止。

『我是在誇獎他，我很佩服他呢。』

『別說了，你來找我有什麼事嗎？』

『我不是來找你的，剛剛去隼的教室找不到他，所以我就想他大概是來找你了。』

『你在找我？』

出雲故意用力地點了點頭。

『是啊，不過有事找你的人，不是我，今天又有客人來拜訪你囉。』

我看了出雲一眼後，順著他指的方向朝教室門口看去。

門後似乎有個女孩子的身影，身上穿的並不是我們學校的制服。我眨了眨眼，難不成我真的中了出雲的毒，眼前出現幻覺。

是咲良！

『你應該知道她為什麼來找你吧。』

起初我還以為是因為富士的事，不過我立刻就想起來，昨晚咲良和她爸爸見過面了，我竟然完全忘了這件事。

外頭正下著雨，此刻的我卻覺得臉上像被烈日照射，感到一陣刺痛，正前方是咲良，左邊是出雲，右邊又有朝風同學，頓時間，我被三面夾攻了。

13. 戀母情結VS.戀姊情結

蹺掉下午的課偷偷離開學校，這種舉動好像流行歌曲裡會出現的歌詞一樣，而且還是和女生一起蹺課。

被咲良拖著手臂離開學校的我，心中有股酸酸的感覺。先不管會不會被退學，我已經作好被學校記過的心理準備，這酸酸的感覺應該是緊張過後的胃酸吧。我雖然不是資優生，卻很膽小，途中回頭看了好幾次，雨後一片朦朧的校園裡，我彷彿看到其中一棟教室的窗戶探出朝風同學和出雲的臉。其實根本看不清楚，腦海中卻同時浮現他們兩人的臉。

『你為什麼騙我？』

車站前的這家速食店，去年夏天，我和離家出走的咲良在這裡吵過架，後來還把她留在店裡，不過我並沒有直接離開，而是在大太陽下等咲良出來。

距離那天就快滿一年了，沒吃午餐的咲良熟練地點了份加了許多料的漢堡，這和當初第一次來的她完全不同。她生氣地咬著漢堡，留在漢堡上的齒痕看起來真可怕。

『妳先冷靜一下。』

剛吃過午餐的我並不餓，只點了杯新鮮柳橙汁。從吸管用力一吸，爽口的柳橙汁把嘴裡討厭的酸味沖掉，但不一會兒，討厭的酸味又出現了。

是關於老媽的事，對咲良來說，是關於她爸爸、也就是那須先生的事，他們倆再婚成為了夫妻。

『因為我已經答應過我老媽了。』

『答應什麼啊，她先背叛你耶！』

『背叛……』

『套句隼的媽媽愛看的職業摔角的話來說，他們那樣根本就是騙人的假動作。』

咲良毫不留情地大聲批評。

『也許是吧。』

我不知道該說些什麼。究竟是什麼時候定下的規矩，大概在老媽和那須先生再婚的時候就已經存在了，隨著時間過去，就成了一種默許的約定。咲良是這麼認為，我也不自覺地這麼想。

老媽已經有點年紀了，就算打扮得再年輕，也已經不是妙齡女子了。

咲良那咬著漢堡的一排白齒，上下碰撞發出有如金屬撞擊的聲音。

『我不接受。』

『我也不想啊，可是……』

可是，事實已經無法改變。

『可是什麼？』

『可是，事情已經發生了。』

砰地一聲咲良的拳頭落在桌上，我連忙握住柳橙汁的杯子，免得打翻。

『就是因為這樣，我才說你是窩囊廢！』

咲良心中的怒氣無處發洩，只好出在我身上。這我可以理解，可是，我也憋了很多不開心的事啊！我心裡已經是烏雲密佈的狀態，偏偏咲良又帶來充滿濕氣的暴風。

承受不了水分的重量，我心中的烏雲開始化作雨水紛紛降落，我忍不住脫口說出這樣的話。

『如果我不這麼窩囊，做個有出息的兒子，那我老媽就不會想再生了，妳是不是想這樣說？』

我說了很討厭的話。當初老媽離婚離開家時，那個害怕到不禁蹲下的我的背影頓時浮現在我腦海。話說完後，為了不讓自己說出更討厭的話，我緊緊咬住下嘴唇，雙眼瞪視著咲良。

『我哪有……』

咲良聽了不禁噘了口氣，不過，她馬上回瞪過來。

不知道是找不到話說，還是想不到要說什麼，咲良默默地咬著漢堡。她嘴邊和臉頰都沾到了番茄醬，卻毫無所覺。我們就這樣不發一語對坐著，四周只聽得到咲良咀嚼漢堡的聲音。

我和咲良互瞪著對方，也像在互相安慰對方。

過了一會兒，咲良總算把漢堡吃完了，我也覺得咬下唇咬得很累了，嘴裡似乎有些許血的味道。

『你可能覺得你受的傷害比我還大，那你就錯了。』

咲良先開口打破沉默，這對她來說已經是很大的讓步了，於是我也恢復了以往溫和的語氣。

『我沒那麼想。』

『你大概認為我媽媽和銀河的爸爸已經生了一個小孩，所以對我來說，這次早就該習慣了，對吧？』

『我沒想那麼多。』

『就因為是第二次，傷害才更大。這麼一來，我連個可以放心依賴的親人都沒有了。本來我心裡對我爸爸還有些埋怨，雖然現在一個人在東京生活，但如果可以，我並不打算去麻煩他太多。只不過，那件事和現在這件事的情況並不一樣。』

『我想也是。』

『小響，我那個同母異父的妹妹才剛出生沒多久，這次又多了個同父異母的弟弟或妹妹，我只覺得腦子裡一片混亂。』

咲良臉頰上沾到的番茄醬，看起來像是帶著悲憤的血痕。

『這裡沾到了。』

我遞了張紙巾給咲良，順便指了指我的嘴邊。咲良照著我指的位置把番茄醬擦掉了。她那孩子氣的動作，讓我又迷上她了。

『妳怎麼跟那須先生說？』

『我跟他說，我不會恭喜你的，隼呢？』

『我什麼都沒說，我怕會說出很難聽的話。』

『你幹嘛不說？剛剛明明就說得很順口。』

『……』

那時候如果真的說了，一定是比剛剛更難聽的話，直到現在我還記得當時的感受。

看到我陷入沉思，咲良把揉成團的紙巾丟了過來。

『你倒好，身邊還有個沒有再婚的爸爸。』

我還有老爸，可是我卻覺得很孤單，因為老爸現在在談戀愛，不過面對咲良我也只能點點頭。

正當我以為氣氛慢慢緩和下來的時候，只見咲良又氣鼓了雙頰。

『不管你有什麼理由，這次你瞞著我這件事，我絕對不會原諒你。』

『那我也沒辦法了。』

『你這是什麼態度？』

『我還以為妳會很氣妳爸爸。』

『你們兩個都讓我很火大，從今以後我不再把他當爸爸看了，對我來說他只是監護人而已。那你打算怎麼辦？你媽媽的肚子會愈來愈大，這樣你還打算每個月繼續和她見面嗎？』

是啊，這可是個問題，老媽肚子變大的樣子，我連想都不敢想。

『我還沒決定。』

咲良冷笑了一聲，說：

『你該不會有戀母情結吧？』

戀母情結？我才沒有戀母情結，倒是有戀姊情結啦。

『正好我也有話想跟妳說，是關於富士的事，妳對他到底打算怎麼辦？昨天他還跑來我們社團找我，這都是拜妳所賜。』

『不關我的事，不過，好像很有趣啊！』

『最好是。』

那傢伙說話完全不經思考，因為他的關係，害我得跟整個社團的人道歉。

我原以為咲良會馬上回嘴，她卻一副若有所思的模樣，一雙眼珠子轉個不停，然後又像嘗到知名糕點師傅的新甜點一樣，露出甜甜的微笑。

『富士其實人還不錯。』

明知道咲良是故意那樣說，我的心卻開始忐忑不安，彷彿有什麼事就要發生了。

14. 即將停產的『骨氣』

老爸總算出差回來了，還帶了木桶包裝的味噌和醬油當紀念品，果然很實用，很適合像我們這樣兩個男人生活的家庭。

『還有一樣。』

老爸摸了摸口袋。

『我找到一樣就快停產的商品。』

老爸一副煞有其事的模樣，遞給我一個鑰匙圈，上頭還有塊寫著『骨氣』的吊牌。

這下可好，我該擺出怎樣的表情呢？

『怪不得會停產，應該沒什麼人想要吧。』

『可是我覺得你很需要。』

『大概吧。』

『本來我是想買手機吊飾的，偏偏沒賣。』

也許是我的反應太冷淡，老爸無趣地打了個哈欠，接著走到廚房拿了罐啤酒，噗咻一聲拉開拉環，拿起瓶子直接往嘴裡灌了起來。

呼～灌到胃裡的啤酒化作氣體從老爸嘴裡跑了出來。

我們互看了對方一眼，我等著老爸把啤酒放回桌上。

『其實啊……』

『老爸，我……』

我和老爸同時開了口。

『什麼事？』

『老爸先說，什麼事？』

『沒關係，你先說。』

聽到老爸這麼說，我有些坐立不安地接著說。

『老媽的事，你聽說了嗎？』

老爸一聽，立刻瞪大了他那雙瞇瞇眼。

『沒有，是什麼事？』

看來老媽沒有告訴老爸，是因為不知道怎麼開口嗎？還是老媽覺得沒必要跟老爸說呢？這我就不清楚了。不過，這麼一來就得由我來跟老爸說了，真是個吃力不討好的工作。雖然不想瞞著老爸，但我也不是很想說。

我偷偷地調整呼吸，像上國文課被老師點到唸課文一樣說：

『老媽懷孕了。』

『哦？』

老爸看起來好像還在狀況外。

『懷孕？你是說她有啦？』

老爸的表情與其說是恍神，倒不如說是像聽到什麼不可思議的奇聞。或許是覺得太過突然，老爸的眼神有些飄忽，拿起啤酒喝了一口，結果不小心灑了一滴。

『不過，有孩子也很正常啊。』

『嗯。』

我不太願意繼續往下想。

『這麼說，你就快要當哥哥了。』

『也許吧。』

『不是也許，是一定。』

頓時間我想起了小響，就是咲良同母異父的妹妹，今年春天之前，我在咲良老家見過她。當時我還不了解咲良的心情有多複雜，現在多少可以體會了。

就算是我的弟弟或妹妹，我也不想見他，應該說，我根本不想接受這個事實。

不過，一直和媽媽一起生活的咲良到東京唸書前，每天都得看到小響，而且在小響出生前，還看到自己媽媽的肚子一天天地大起來，不知道該高興還是難過的心情在她心中不斷累積，她一定覺得很累。

沒想到這次又……如同咲良所說，不會因為是第二次就習慣了。我腦中同時浮現出小響模糊的臉和咲良生氣的臉。

『隼有什麼想法？』

面對老爸的提問，我歪著頭回答：

『我還沒調適過來。』

『我想也是。』

『那老爸又是怎麼想的？』

『驚訝是一定會啦，但不是為了我自己。當初和你老媽離婚的時候，我就決定今後再也不插手過問她的人生，況且我也沒權利那麼做，只是……』

『只是？』

『我比較擔心你。』

『擔心我？』

『嗯，離婚後我和你老媽就是沒有任何關係的兩個人了，可是對你來說，她畢竟還

是你媽。』

是啊，雖然我們每個月只見一次面，不，應該說好歹每個月都會見一次面，每次不是陪老媽去看她愛看的職業摔角，就是去聽古典音樂會。不過我並不討厭，每個月固定一次的約會，是我和老媽加強母子互動的時間。

不知道以後會變成怎樣，我實在沒有把握可以繼續維持像現在這樣剛剛好的距離感，我也沒有勇氣去看老媽因為懷孕慢慢變大的肚子。

『真是敗給她了。』

看到我不發一語，老爸嘆了口氣，剛剛那句話不知道是說給我聽，還是老爸的自言自語。

我用手指撥弄著老爸給我的鑰匙圈，『骨氣』，真希望這能夠幫助我面對老媽懷孕的事。

『早知道就買「忍耐」的鑰匙圈，我也是考慮了很久才買的。』

聽到老爸的話，我勉強地擠出笑容。想想我和老爸兩個人相依為命也有一段時間了，不能讓老爸為我擔心。雖然老爸表面上看起來很平靜，其實應該也受到不小的打擊。也許是我多心，總覺得老爸在故作鎮定，他剛剛從冰箱拿出來的啤酒，到現在也沒喝幾口。

『總之，我要說的話說完了。』

『嗯。』

『那，老爸想說什麼？』

『啊！』

老爸看起來欲言又止，拿起啤酒靠近嘴邊卻停了下來。

『是什麼事？』

『沒有啦，不是什麼了不起的事，改天再說好了。』

老爸一口氣喝光剩下的啤酒。雖然我總覺得應該有什麼事，但也沒再多問，因為我還在想老媽懷孕的事。

我起身走向廚房，打開冰箱拿了罐咖啡和啤酒，拉開拉環，把啤酒遞給老爸。

『３Ｑ。』

老爸看了看我手裡的咖啡，於是我問他：『你想喝咖啡嗎？』

『也不是啦，可能現在還不到時候。』

『什麼？』

『和兒子一起喝酒交心。』

『等我滿二十歲再說啦。』

啤酒罐的側面印著一排小小的字，好像也是這樣說。

『好吧，我等你。』

明明是和剛剛同一家牌子的啤酒，老爸喝了之後卻露出好苦的表情。

『如果你想玩接球，我隨時奉陪喔。』

和兒子一起上居酒屋、一起玩接球，聽起來很普通的兩件事，卻是老爸一直以來的夢想。玩接球這個夢想已經實現了，不過，當時我們用的是手球而不是棒球。

『現在來玩吧？』

『已經天黑了耶。』

『沒差啦。』

老爸幹勁十足地站了起來。

外面天色已暗，空中掛著大大的月亮，晌晌微風吹散了濕氣。

我和老爸走到附近的公園。

『你還記得嗎？你老媽離家的那天。』

這問題還真突然，過去老爸從沒提過這類的話題。

我開始回想起原以為早已遺忘的回憶。

『記得啊。』

『是喔，我也記得。那時候也真是敗給她了，實在有夠突然。』

那天老媽一聲不吭就離開了，只留下心痛的我。

『我們兩個都是被老媽拋棄的男人。』我說。

晚上四下無人的公園裡，迴盪著老爸的笑聲。

『不過，被拋棄的只有我，你老媽並不想留下你，她都是為了我，才留下你而自己離開的。』

『老爸還真會說話。』

『我好歹也是靠寫作賺錢的人嘛。』

老爸把手臂搭在我的肩上，曾幾何時，還是個小毛頭的我現在已經長得比老爸還高了，雖然看起來有點怪，但老爸絲毫不以為意。

『老媽走了之後，我們很努力地生活到現在呢。』

『是啊，不努力不行。』

『以後也要繼續努力下去喔。』

『我盡量啦。』

突然覺得鼻子一酸，我悄悄移開老爸的手臂。

然後我和老爸繼續在公園昏暗的街燈下用手球練習接球。

15.『我看到了』

再過不久就要放暑假了，不過這次我的暑假已經排定了一堆計畫，全都是手球社的練習。

老爸和老媽離婚後，我覺得上學是件痛苦的事，和朋友們也總是保持一定的距離，以免當大家談論到家庭的話題，我會無法抽身。或許是因為考慮得太多，我開始覺得與人對話並不有趣，久而久之，就成了沉默寡言的少年。雖然我覺得自己一個人比較輕鬆自在，但也沒有勇氣被大家孤立。

放暑假就可以讓我暫時避開那種麻煩的人際關係。梅雨季結束得很突然，眼前那片晴空顯得好寬闊，上下學那條必經的路景色特別鮮明，讓我不禁向前狂奔。使出全力跑回家後，只見老爸一如往常坐在桌前工作，儘管有些掃興，但我很快就忘了。明天開始就不必和朋友見面，什麼都不做也沒關係，真的好棒喔。

可是，今年的暑假就沒辦法這樣了。

唉，夏天到了，心中充滿鬱悶。雖然夏天到了，我卻仍感覺籠罩在梅雨圈裡，一顆心被漫長的雨浸得濕淋淋。
要不，來個颱風也好。
正當我這麼想的時候，南方海上已經形成小規模的強度颱風，而且就快北上了，這次的颱風威力驚人，遠超過以往的咲良颱風。
『原來是這麼一回事啊。』
暑假第一天，我就被出雲盯上了，他的眼神燃著熊熊怒意，臉上卻帶著冷笑，語氣聽起來有些酸酸的，就一向快言快語的出雲來說，這時的他還真教人摸不透。
地面開始散發出熱氣，就快接近中午了，出雲的腳下出現明顯的黑影。
距離社團開始練習的時間還有五分鐘，家住最近的我卻睡過頭，只好慌張地趕來，在我準備衝進更衣室換衣服的時候，早已換好制服的出雲卻擋在門前。
『你在說什麼？』
到底是什麼事？出雲的話讓我完全摸不著頭緒，不過，我隱約感覺得到我和出雲的關係可能會像水分過多的土地，發生土石流。
『怪不得你會倍受優待。』
『優待？』
這兩個字和我怎麼會扯上關係。

『再說得白一點，就是關照啦。』

『關照？』

這又是什麼意思？我就像隻鸚鵡一樣不斷重複出雲的話。

我的反應讓出雲顯得更加不耐煩。

『就是瀨戶老師對你很好。明明連手球的規則都不懂，也沒有什麼球技，只因為長得高、手夠大就可以一直被分在Post的位置，而且射門又不準，只會暴投，可是卻都不會被換掉。』

出雲的話就像是一顆顆泥巴球狠狠砸向我毫無防備的胸口。

真是太超過了！想是這樣想，但出雲說的話卻也不是完全錯誤，只是說過頭了，就像夜間跳表加錢的計程車一樣，愈說愈超過，但我卻無法反駁。

『又不是我自己想待在Post的，之前我就跟你說過啦。』

我的回應聽起來就是在辯解。

『不是你自己想？』

看來我的話又把出雲激怒了，因為他『非常想』待在45。

『所以我就說你是被關照的啊！』

出雲拉高了音調。

我這才發現，身後站了三位一年級的社員，本來還以為他們會來勸架什麼的，但氣氛卻很不尋常，看樣子，他們大概是聽出雲說了什麼，全都站在一旁冷眼看著我。

『我聽不懂你在說什麼。』

我搖了搖頭，這麼說或許有些誇張，但與其說我是在對出雲搖頭，更像是對自己的人生搖頭。今年夏天，我的生理週期出現大混亂，看來我不但犯太歲，還犯小人，說不定我打從一出生就是個掃把星、倒楣鬼。

『我看到了。』

出雲的鼻孔脹大了起來，我好像都快看到他的鼻毛了，他的鼻頭上有些看起來油油的汗珠，彷彿再過一會兒，他的鼻孔裡就會射出毒液。我一直以為我和出雲很麻吉，交朋友，真是難啊！

『看到什麼？』

其實我不太想知道，但還是問了。

出雲沒有馬上回話，而是先吞了吞口水。他是不是不想說啊？但我知道他不可能不說的。

比起剛才，此時的太陽好像又移動到更高的位置，今天應該會很熱，嗯，一定會，不知道中暑是怎樣的感覺。

『昨天，瀨戶老師和你老爸走在一起，明明天氣就熱得要命，她的D罩杯卻緊緊靠在你老爸的手臂，兩個人可親熱得很呢。』

原來是這麼回事。

出雲的話在我腦裡化作具體的影像。

老爸……我被你害慘了。

我低下頭不說話，這麼做不是為了避開出雲的眼神，只是想讓自己冷靜一下。出雲好像覺得他贏了，贏了什麼我也不知道。

『你真好，有個那麼能幹的老爸。』

聽到出雲的嘲諷，我頓時覺得他真的很可惡，不過，我也很快就忘了。

繞過出雲身邊，我打算進去更衣室。

『你幹嘛都不說話？』

擦身而過時，出雲用他慣用的左手抓住我的左手。

『你到底要我說什麼？』

『你自己好好想想。』

真令人火大，此刻的我就像瓦斯爐上正在燒開的一鍋水，溫度慢慢地上升，表面不斷冒出泡泡。

『這又不關我的事！』

『那就要怪你那個把瀨戶老師的老爸囉。』

無視於我的憤怒，出雲又變本加厲說了這句，就像在滾水的鍋中灑了大把的鹽。他以為自己在煮義大利麵嗎？我已經忍無可忍了。

我用我的右手使勁扭住出雲抓住我的左手。

『噢，放開我！』

出雲低聲叫了出來，我不願意停手，更加用力地拉開出雲的左手。這時候原本一直旁觀的社員們全都靠了過來，於是我放開出雲的左手，走進更衣室。

我聽到大夥兒湊到出雲身旁的聲音，看來，大家都會把我當敵人了。

我背對著大家關上更衣室的門，靠在門邊閉上雙眼，用力地長嘆了一口氣，像是要把肺中的空氣統統吐出來一樣。

現在的我還是很生氣，生氣的主要原因並不是出雲，我之所以會扭他的左手，只是因為他擋住我的關係，當然還有點遷怒的成分在。

我最氣的人是老爸。

老爸要喜歡誰我都無所謂，但他至少別喜歡上自己兒子社團的指導老師，好歹也要為了兒子稍微克制一下吧！我就是擔心會發生像今天這樣的情況。

我覺得自己被背叛了，老媽離開後，老爸就成了我唯一的親人，沒想到他卻擺了我一道，我果然是孤單一個人。

『瀨戶老師不會做這種無聊的事。』

耳邊傳來一個聲音，我睜開眼看到朝風同學站在角落。

『我沒有偷聽，只是剛好在裡頭聽到了。那只是出雲的誤解，第一，如果瀨戶老師是因為和你爸爸交往就把你分到Post，但她沒必要不讓出雲待在45，我想出雲自己應該也了解這一點。』

既然這樣……話到嘴邊我又吞了回去。既然這樣，你剛剛為什麼都不出聲？朝風同學露出了冷漠的眼神，說：

『我不會幫你說話，也不想幫你說話，原因我不想說。』

我點點頭，默默地換上制服，這時候真不想繼續待在社團，但又不想回家。

16. 消去法的一夜

夜幕逐漸低垂，我的心也是一片黑暗。

七月下旬的傍晚六點其實天色還很亮，炎熱的白天已經接近尾聲，整座城市顯得不再那麼劍拔弩張。

四周是我從未見過的景色。

社團結束後，我沒有立刻回家，本來想去車站，但一想到那裡人那麼多，又讓我猶豫許久，最後就變成漫無目的地亂晃。走著走著，心情反而愈來愈沉重，（我記得一路上好像）下了坡又上坡，（又好像）彎進一條十字路口，再轉進另一條十字路口，（然後好像又）過了一個住宅區，又走過一條商店街，最後，走到一座水量很少、飄散著臭水溝味的橋上，直到蚊群裡的一隻蚊子飛近我的臉，我這才回過神了。

這裡是哪裡？算了，反正也沒差。

我肚子餓了，人類不管情緒再怎麼低落，都還是會肚子餓，真是悲哀、麻煩又無可奈何。

我倚靠著橋的欄杆。除了肚子餓，身體更是疲憊不堪。這也難怪，畢竟今天我在大家冷淡的視線與無聲的指責中練了一整天的手球。

不過，瀨戶老師好像因為有事所以沒來，這也算是不幸中的大幸了。要是她來了，我還真不知道該怎麼面對她，我想我一定沒辦法裝作什麼事都沒發生。

『瀨戶老師和你老爸去約會啦。』

這是今天出雲在社團裡唯一跟我說過的一句話。

『也許是吧。』

我的口氣很平淡，我不想悶不吭聲，但也不想有任何情緒反應，出雲聽了我的回答似乎有些受傷。

和朝風同學倒是說了幾次話，但也僅限於練習的對話，像是傳球的指示之類的。

雖然心情很差，但我也不是不明白出雲的感受，只不過為什麼連朝風同學也對我保持疏遠呢？我到底做錯什麼讓大家這樣排擠我？難不成是因為老媽懷孕的事讓我不知不覺散發出討人厭的感覺嗎？

遠方有個街燈，閃爍地亮了起來。

接下來該怎麼辦？

實在想不到有什麼地方可以去。第一，回家，不要！第二，去借住出雲或朝風同學家，不可能！第三，去拜託咲良，雖然這是個下下之策，但以我目前的處境，也只剩下這個方法了。

拿出手機，找出咲良的電話號碼，我盯著螢幕上的那排數字看了好一會兒。那天和咲良不歡而散，但我還是覺得我只是遵守和老媽約定，並沒有做錯什麼。只不過咲良說的也不無道理，我是該向她道個歉。唯獨富士那傢伙的事我不能忍，要是她覺得好玩，想怎樣我都無所謂，不過開玩笑也要有個限度。

總之，現在也只能先拜託咲良了。

我的內心不斷掙扎著，此時天色又變暗了，附近的街燈全都亮了起來。

不管了！我閉上眼，按下撥出鍵。

彷彿是知道我急著找她，還故意讓我焦急，電話響了超過八次，咲良才接起電話。

『我還沒原諒你耶。』

連句『喂』也沒有就先丟出這麼一句，我的心就像是被挖土機挖空的地面深深地凹了一個洞，陷下去的部分大概有D罩杯那麼大。要是咲良不肯收留我，今晚我只好去睡公園的長椅了，反正說什麼，今晚我就是打定主意不回家了。

『我有件事想拜託妳。』

我的口氣非常認真，絲毫沒有開玩笑的感覺，就像是古裝戲裡高舉雙手低頭請託的人一樣謙卑。咲良聽到我這麼說，態度也跟著轉變。

『你幹嘛這樣說話啊？』

『真的很抱歉，今晚可以讓我借住妳那裡嗎？』

『……可以啊。』

咲良完全不問理由，很豪爽地一口答應。

『啥？真的可以喔？』

『你希望我說不可以嗎？』

『怎麼會，太感謝妳了。』

我現在就過去。為了怕咲良臨時改變心意，我告訴她到了車站我再打給她後便匆匆掛斷電話。

我的心就像路燈一樣亮了起來。雖然咲良脾氣差，又老是愛左右別人的心情，但真的需要她幫忙的時候，她又會很乾脆地伸出援手。我真是愛死咲良了，連我自己都很訝異對她的評價會改變得如此徹底。

這下子我就不必回家和老爸碰面了，想到這我就覺得輕鬆許多，踩著輕盈的步伐過了橋，為了搭公車到車站，我走向大馬路的方向。

一小時後，我抵達咲良住的女生宿舍附近的車站。打了通電話給咲良，她要我在一樓的餐廳等她。

我一進餐廳就看到小光。

『喔！好久不見！你好像變壯囉？身體看起來變結實了。』

『到目前為止只有妳這樣說。』

我點了份今日特餐後又打了通電話給咲良，小光湊到我耳邊，說：

『才剛放暑假就跑來咲良這兒約會啦。』

『不是約會啦，是有其他事啦。』

『還好你來了，這陣子咲良看起來很沒精神，我很擔心她。』

看來咲良並沒有告訴小光關於老媽懷孕的事。

沒多久咲良就出現了，咦？咲良的皮膚有這麼白嗎？是日光燈的關係吧？

『不好意思，突然跑來找妳。』

『你和你爸吵架了嗎？』

『等一下我再跟妳詳細說明，不過我暫時不想見到我老爸。』

『是喔，你們感情明明那麼好，難不成你是在叛逆期嗎？』

我連忙搖搖頭說：

『才不是，搞叛逆的是我老爸才對。』

小光端著我點的套餐走過來，拉開椅子坐了下來，她的雙手在胸前交叉，反覆看著我和咲良的臉。

『嗯～感覺真好。』

『什麼意思？』

『你們小倆口感覺真不錯。』

『我們只是遠親而已。』

小光聽了輕笑出聲。

『對啦～就是這種感覺，看著你們互相鬥嘴、吵吵鬧鬧的感覺真的很好，年輕就是這樣。』

『小光妳也很年輕好不好。』

『應該說你們還很青澀，我是不老，但已經過了青澀的年紀。』

『不然妳是什麼色？』

『嗯～橘色吧？還是粉紅色呢？總之是性感的顏色。』

我和咲良同時露出苦笑。

『笑什麼？你們這兩個青澀的小鬼。』

咲良立刻回嘴：

『我也不是青澀，我是藍色。』

我頓時停下手中的筷子，但咲良又若無其事地繼續吃著她點的料理。

『說得真好。』

小光的語氣透露著由衷的佩服。

為了消除和咲良之間尷尬的氣氛，我趕緊動筷子吃飯。肚子一填飽，心情也變得穩定多了。

吃完飯後，我熟練地從停放腳踏車的地方潛入女生宿舍，進入咲良的房間。原本空盪盪的窗邊卻放了個很大的熊寶寶布偶，那很明顯不是咲良會買的東西。

『那是富士送我的。』

注意到我的視線，咲良這麼說。那個熊寶寶與其說是被擺在那裡作裝飾，更像是隨意被放在那裡的感覺，儘管如此我還是很不爽。咲良用眼神示意要我在床邊坐下，她把水壺放在爐上燒開水，泡了香草茶給我。

『到底怎麼了？』

在咲良的催促下，我暫時撇開不爽的心情，盡可能用平淡的語氣把今天早上發生的事說給她聽。

『那他們真的在交往啊？』

『嗯，應該是吧。』

『所以，你就被手球社的人排擠囉。』

『嗯，應該算是。』

咲良把我的空茶杯和她的茶杯一起放進流理台後，在我身旁坐了下來。她那白皙柔軟的手臂露在無袖上衣外面，碰觸到我的手臂，咲良的手臂涼涼的。

『隼現在也變成孤單一個人了。』

咲良的聲音聽起來有股淡淡的喜悅，我終於知道她有多寂寞。我也很寂寞，現在的我們是遠親，但再過不久就要因為老媽肚子裡那個不知道是弟弟還是妹妹的小寶寶而成為有間接血緣關係的姊弟了，雖然如此，我們畢竟是同年的男生和女生，此時此刻，我和咲良就像彼此相依為命的雙胞胎。

我們身上蓋著薄毯，像胎兒一樣彎曲身子背貼著背擠在狹小的床上入睡。

17. 抱著公主衝向醫院

一陣搖晃後，我睜開雙眼。

『隼，你作惡夢了嗎？』

一時間我說不出話，過了一會兒我才發現眼前的這張臉是咲良。也許是睡到一半醒過來的關係，咲良的眼皮腫腫的，眼睛也不像平常那麼大，還真有點醜。

不過，現在可不是笑的時候。

我的脖子上都是汗，脊椎骨感受到一陣陣的顫動，原以為已經沒事了，沒想到背痛再度襲擊，我忍不住皺起眉，汗水跟著流下來。

『你哪裡痛嗎？』

我含糊地點點頭，緩緩地坐起身。

『背在痛。』

『是落枕嗎？』

如果是就好了，我慢慢地呼吸，疼痛感也漸漸消退。

『我偶爾會這樣啦。』

雖然不想多說什麼，但我現在和老爸、老媽、瀨戶老師以及社團的人都搞得那麼僵，能夠商量的人只剩下咲良了。

『我們去醫院吧。』

咲良擅自做了這個決定。

『可是，我沒帶健保卡耶。』

『之後再補就好了。』

『我又不一定是生病。』

此刻的我就像個怕打針的孩子一樣死命抵抗，不過，我真的很害怕。

『也不代表你沒生病啊。』

咲良毫不留情地正面回擊，她一語道破我心中畏懼的根源，讓我更加無力。

『我身上沒錢了。』

『我有，不夠的話再去銀行領。』

『咲良也不知道該去哪家醫院看吧。』

『我先去問小光，你快起來換衣服。』

咲良丟下這句話後便走出房間，我睡眼惺忪地看著放在窗邊的熊寶寶布偶，看著看著突然覺得它很礙眼，走過去K了它一拳，熊寶寶在地上滾了幾圈。

『走著瞧吧，富士。』

糟糕，我不能這樣！我把熊寶寶撿起來放回窗邊，順便拍了拍它身上的灰塵。

幾分鐘後咲良回來了，手裡握著一張手寫的地圖。

『我們趕快出門，這樣才能早點掛號。』

我沒換衣服，因為我根本沒有衣服可以換。我用手抓了抓睡亂的頭髮，快速地洗了把臉，咲良也稍微花了點時間換衣服，不過很快就準備好出門。

『早餐就不吃了。』

我既沒有立場反駁，肚子也還不餓。

悄悄從停放腳踏車的地方離開女生宿舍，咲良已經站在大門等我，眼睛盯著那張手寫的地圖。

清晨薄透的陽光照在咲良身上，她的樣子看起來像個幻影。看著這樣的咲良，我的胸口跟著痛了起來。咲良真的好美，這也讓我體認到自己有多麼不完美，呆站在原地的我，除了一雙長手長腳之外就沒有可取之處了。

『你能走嗎？』

『雖然我偶爾會那樣，可是只要過一下子就不會痛了。』

咲良瞪著我，一副『你別想再掙扎了』的表情。

『那只是暫時的。』

『妳是想說搞不好我的病情正在惡化，對吧？』

『我是在擔心你。』

咲良的語氣非常堅定，她說話總是如此，絕對不允許別人反駁她的話。我們照著地圖踏上清晨的道路。

今天社團的練習是從下午開始，應該來得及吧。雖然不太想去，但我也不想無故請假，因為我是真的喜歡打手球。話雖如此，我對手球也不是懷抱著多大的熱情，只是為了自己那一丁點的自尊。我討厭被欺負就逃跑的感覺，即便這只是無聊的意氣用事，對我來說卻是意義深遠。

今天去了，大概又會像昨天一樣，在大家冷淡的視線與忽視中獨自默默練習吧。不過我不在乎，我早就習慣自己一個人了，而且今後必須更習慣才行，我已經不能再依賴老爸了，也不能依賴老媽。

也不能太依賴咲良，畢竟，咲良和我都處於相同的處境。

我偷偷朝身旁瞥了一眼，卻不見咲良的身影。

停下腳步回頭看，咲良就站在我身後十公尺左右的地方。起初我以為是太陽太大讓我有些眼花，可是，現在還不到正中午的時間啊。

我發現咲良的肩膀微微地顫抖著，上半身也正緩緩地左右搖晃，她的臉色很蒼白。

我立刻跑到她身邊。

咲良喘著氣，樣子很明顯的就是不對勁，原本握在手裡的地圖也跟著滑落。

『咲良，妳沒事吧？要不要休息一下？』

正當我摟著咲良的肩準備把她攙扶起來的時候，她的身體卻癱軟了下來。

彷彿是中了毒。

彷彿被下了咒。

彷彿是老天爺想讓我變得更孤單。

彷彿……

我勉強撐住咲良的身體，就這樣蹲坐在地，我伸手扶著咲良的脖子，撐起她慘白的臉，她緊閉的眼皮輕微地抖動著。

『咲良！』

起先，我輕輕地喊了一聲，咲良緊閉的嘴唇微微張開。

我用手輕拍她的臉頰，再次喊了一聲：

『咲良！妳怎麼了？』

『……唔。』

咲良的嘴裡呼出微弱的聲音。

『咲良、咲良、咲良！』

我一邊輕拍她的臉頰，一邊不斷叫著她的名字，聲音也愈來愈大，可是咲良依舊緊閉雙眼，我心中浮現不好的預感。

『唔，我聽到了。』

咲良總算出聲了，她的聲音雖然清楚，卻很虛弱，這讓原本慌了手腳的我稍微平復了過來。

我抬起頭想找人幫忙，隔著一整排的屋頂，我看到不遠處有塊醫院的招牌，背後是一大片白雲。

我本來打算背她，但這麼做她勢必也得使力，於是我把手臂放到咲良的膝窩下將她抱起。就算再窩囊，這點蠻力我還有，我抱著咲良小跑步朝醫院跑去。

到了醫院，我趕緊衝向急診室。我把咲良放在擔架車上跟著進入醫院，目送她進入診療室後，在走廊的長椅上坐下，不知不覺間，我已是滿身大汗。

事情來得實在太突然，讓我很不安，對了！五月的時候咲良也曾經昏倒過，現在我只希望她不是得到什麼不好的病。

過了一會兒，我被叫進診療室。

咲良正在打點滴，躺在床上的她已經醒了過來，臉上也恢復血色。

『怎麼變成我在看醫生。』

回想起來，一開始應該是我要來接受檢查的。

根據診斷，咲良是貧血，醫生除了叮嚀她每天一定要吃早餐，還提醒她接下來天氣會愈來愈熱，一定要好好注意身體健康。為了慎重起見，最好找時間做檢查。咲良也很聽話地點著頭。『妳說妳離開父母身邊獨自到東京生活……他是妳的遠親？』聽到醫生這麼問，咲良也順勢回答：『是的。』只見醫生歪著頭接著問：『妳該不會是懷孕了吧？』

『並沒有！』

大聲反駁的人不是我，而是咲良，我紅著一張臉，輕輕地點頭附和。

18. 報告義務

空氣中飄散著一股消毒藥水的氣味，好像是要掩蓋些什麼似的。我很討厭去醫院，從小就是如此，再說得直接一點，我超怕打針，只要一想到針頭刺進皮膚的那一剎那，我就覺得身體痛了起來，所以我盡量不去看正在打點滴的咲良。不過，咲良躺在床上的那個畫面卻久久無法離開我的腦海。

我覺得自己看了不該看的東西，也就是咲良軟弱的一面。

這是我從未遇過的情況，我告訴自己一定好好保護咲良，雖然這樣很不像我。或許這件事會因此拉近我們之間的距離，但我還是覺得很孤單，我在心底暗自發誓要守護咲良，但我還是喜歡以往那個『強悍』的她。我知道我必須變得堅強，但我希望咲良比我更堅強，我知道這樣想很沒出息，而我也不想讓咲良知道，只能在心裡默默想著。

早上的忙碌總算告一段落，等候室裡陷入一片安靜。

我坐在長椅上，除了等待也沒事可做，不過我卻覺得格外清醒，毫無睡意。還有很多事等著我去想，像是等會兒要幹嘛？下午有社團活動、今晚又要睡在哪裡？雖然我很

擔心咲良，但又不想用這個當藉口繼續借住她那裡。

『讓你久等了。』

我抬起頭，咲良就站在眼前，我目不轉睛地盯著她看。

『別用一副看到鬼的表情看我好不好！』

我壓根兒沒那麼想，可能是我的眼神太驚訝了。我從頭到腳仔細地觀察著咲良，她看起來比之前稍微消瘦了些，身形已不像之前擁有少女圓潤的曲線，不過也許是我太主觀，這樣的咲良仍是美麗依舊。

『就算現在是夏天，妳看起來也不像鬼故事裡的女鬼。』

『要不然像什麼？』

『超血腥暴力電影的主角。』

突然間，我的膝蓋被猛踹了一下！這一下夠狠，咲良還是沒變。

看到咲良又恢復以往的態度，讓我很開心，不自覺地笑了出來。

『還好這裡是醫院，我看我大概骨折了，去給醫生看一下好了。』

『那順便讓醫生看看你的背吧。』

我看了看窗口上的時鐘，接著說：

『還是下次再說好了。』

『你再拖下去搞不好會更嚴重。』

『還說我哩，妳才應該好好檢查一下。』

『那我也是下次再說好了。』

咲良一口氣就回絕了，我也沒辦法再多說什麼，雖然她看起來消瘦不少，但打過點滴後似乎又恢復原本的活力了。

『我肚子餓了。』

我遲疑了一會兒，從椅子上起身。

『那就去吃點東西吧。』

現在去吃東西的話大概趕不上下午的社團，出雲和其他人一定會覺得我是個只會逃避的膽小鬼。可是我又不能就這樣離開咲良，況且我肚子也餓了，這種情況下別說是作戰，就連去社團的力氣也沒有。

外頭的氣溫持續升高，我瞥了瞥身旁的咲良，她毫不猶豫地走向炎熱的陽光，我緊跟在後，頓時覺得頭頂一陣熱，頭髮好像被燒焦了一樣。

『東京的夏天真熱。』

對了，去年的今天咲良還住在長野老家，那個以避暑聞名的觀光地。也難怪她到了這裡會有中暑、食慾不振的症狀。

『妳不回茅野的老家嗎？』

『我打算盂蘭盆節❺要回家，但還不一定。』

『為什麼？』

『對我來說，已經沒有屬於我的容身之處了。』

咲良的語氣聽起來不只是平淡，更像是在自嘲的感覺，但我還是愣了一下，因為我覺得她好像是故意說給我聽的。假如老爸和瀨戶老師再婚，那麼我可能也沒有容身之處了。當然，我也不可能去投靠住在橫濱的老媽，因為那裡除了那須先生又將增加一個新成員，哪還有容納我的空間。

『其實茅野也很熱，只有山上比較涼，可是那裡都擠滿了觀光客，回去只會覺得累而已。』

『所以妳打算一直待在女生宿舍囉？』

『這個嘛，要是不回家我媽一定會囉唆個沒完。不過不管怎樣，我也不可能一直收留你，和你在一起久了，我也覺得很累。』

❺盂蘭盆節是日本人慎終追遠的日子，是根據佛教的盂蘭盆經中衍生的習俗，相當於台灣的『鬼月』。基本上是在八月十三日至十六日，這段期間大部分的商家都會暫停營業，公司行號也有三至七天的連續休假。許多日本人會利用這個連假返鄉團聚、祭祖掃墓或是安排旅遊。

這話還真是傷人，弄成現在這個樣子也不是我自己想要的啊！看來，我今天還是得回家一趟。

在大太陽底下走了約莫三分鐘，正當身體開始冒汗之際，我看到一家速食店。一進店內，立刻有陣強烈的冷風襲來，讓人直打哆嗦。我們各自點了份漢堡套餐，因為太冷我本來打算點熱咖啡，但最後還是點了汽水。

『每天要準時吃三餐。』

說完這句，咲良拿起漢堡大大地咬了一口。

『還要遵守用法、用量？』我接著說。

『差不多是這樣。』

我喝了口汽水潤潤喉，問她：

『妳沒有按時吃三餐嗎？』

咲良覺得我在責備她，有些不滿地嘟起嘴說：

『小光都會提醒我，我每天不會忘記吃早餐，有時候吃一個牛角麵包，有時候只喝牛奶。』

『午餐呢？』

『在學校的餐廳吃，心情好的時候，我會自己帶便當。』

『妳做過幾次便當？』

『無可奉告。』

『妳喜歡學校餐廳的哪道菜？』

『咖哩烏龍麵，基本上都是吃那個。』

我邊咬著漢堡邊側頭思索著，看來咲良當初應該選有營養午餐的學校才對。

『晚餐呢？自己煮？還是去女生宿舍的餐廳？』

『有時候去餐廳，有時候就隨便吃點零食餅乾。』

聽到咲良的回答我不禁搖搖頭，這樣不行！雖然我不清楚一個高一女生應該攝取的熱量是多少，但就平均值而言，她肯定是不夠的，吃得也不夠營養。

『怪不得妳會昏倒了。』

『我現在不是在吃了？』

我把自己的薯條遞給咲良。

『給妳吃。』

『我不要。』

她碰都不碰就拒絕了，真是的，好歹這也是我的一番心意啊！

『妳一定要按時吃三餐。』

『我知道啦！可是自己做飯自己吃，真的好麻煩。』
『是嗎？我怎麼都不覺得。』
『你那麼會做菜，而且就算一個人吃也只有幾天，等叔叔出差回來你就不是一個人啦。我就不一樣了，我一直都是自己一個人。』
『喔，是這樣沒錯啦。』
『只要不是自己一個人，就算是跟你，我也比較會有食慾想吃東西。』
在東京獨自生活的咲良，她的飲食生活真教我無法認同。如果這就是她昏倒的原因，只要改正這點就好了。我願意幫她，就算只有微薄之力，我也想幫忙。
『那我有空的話就去做飯給妳吃。』
這應該是個不錯的提議，可是咲良好像很困擾。
『你幹嘛？想讓我欠你人情啊？』
唉，咲良真難伺候。我有些生氣地抓起咲良不要的薯條往嘴裡塞，眼前這個女人真教人摸不透，不知道她到底在想什麼，還和富士那傢伙牽扯不清。不過，看到她打完點滴恢復精神我也很高興，唉～我真是矛盾。
把咲良送回女生宿舍後我就離開了。離開前，咲良要我答應她一件事。
『不要告訴任何人我昏倒的事。』

『嗯，我知道了。』

我含糊地點了點頭，要是不答應，她肯定不會讓我走。

雖然時間已經晚了很多，但我還是決定去社團，坐在搖搖晃晃的電車內，我又想起咲良打點滴的模樣。

那時護士小姐跑出病房叫住我，再次確認我和咲良的關係後，盯著我的雙眼對我說：

『盡快聯絡她的監護人，請他們帶她來接受檢查，這次昏倒也許是因為飲食不正常的關係，但可能也有其他原因。』

護士小姐的口氣平靜卻讓人不得不提高注意。

可能也有其他原因。

這句話隱約帶著不安的感覺，我該聯絡誰才好呢？咲良的監護人，指的是她媽媽還是親生父親那須先生？又或者是戶籍上的父親藤森先生？還是擔任咲良在東京的保證人的老爸呢？

可是，我已經答應咲良不告訴任何人她昏倒的事了。

要不然，我應該會找老爸商量看看。不過先撇開這件事，我有更重要的事要跟老爸談談。

19. 成長痛？

匆忙趕到學校後，我趕緊進更衣室換上制服，昨晚借用咲良房裡的浴室洗過的制服雖然已經乾了，卻發出一股濕抹布般的汗臭味，這氣味和我目前的心境還真有些相似。算了，反正現在大家也都不搭理我，臭就臭吧。

操場上正在進行練習賽，耳邊傳來渾厚卻十足女性化的聲音，是瀨戶老師。

停頓了一下，我鼓起勇氣上前。

『抱歉我遲到了。』

我走到瀨戶老師身邊向她打聲招呼，原本專注看著比賽的瀨戶老師悄悄回過頭看了我一眼後又撇過頭去。

『為什麼遲到？』

『我去了趟醫院。』

我想都沒想就這樣回答了。

『身體哪裡不舒服嗎？』

『有點貧血，不過打過點滴，現在已經沒事了。』

我刻意不說貧血的人是誰，但我不認為自己在說謊，反正瀨戶老師不也瞞著我偷偷和老爸交往，彼此彼此囉。沒想到我竟然變得這麼大膽，這大概是所謂的性情大變吧。

瀨戶老師聽了我的回答只簡單地說了聲：『這樣啊。』我想她可能已經從老爸那裡聽說我昨晚沒回家的事。

『快去暖身。』

我輕輕點點頭，離開瀨戶老師身邊。就在此時，我感受到另一個視線。轉過身便看到一臉不爽的出雲孤零零地坐在操場角落。

奇怪！他怎麼會在那裡？

我以為自己看花了眼，但操場上比賽卻還在進行，今天上場的兩隊分別是二年級的正式球員與二年級的候補加上一年級的主力，我因為遲到所以不在Post上，可是怎麼連出雲也不在45呢？回過神才發現出雲已經站了起來，用兇狠的表情瞪著我。

我趕緊做起伸展操舒展僵硬的身體，不一會兒就開始冒汗了。我瞥到出雲正慢慢地朝我接近，來吧！今天的我才不是平常的那個我，你要過來就先做好心理準備，我身上可是臭得很哩！

『你這個半吊子的傢伙。』

出雲開口說話了，說我半吊子的他自己卻站在那種不近不遠的位置。不過他還真會抓距離，站在那裡應該就聞不到我身上的臭味了。

『你是什麼意思？』

回完話後我繼續做著伸展操，慢慢伸展阿基里斯腱，不用想也知道，接下來他肯定又要說些挖苦人的話。

『老是遲到又不乾脆請假，還一副悠哉悠哉的態度。』

『我遲到是有理由的。』

『那我倒要聽聽你有什麼理由。』

『我已經告訴瀨戶老師了。』

『哼～』出雲用鼻子大大地冷笑一聲，他的鼻頭似乎快頂到額頭了。

『你跟瀨戶老師還真是無話不說，該不會又向她打小報告了吧？』

『打小報告？』

出雲的話差點打斷我做伸展操的動作，但我還是繼續做下去。

『就是因為你打小報告，我才沒辦法上場練習，難道不是嗎？』

『你少亂說！第一，我剛剛才到這裡，那時候你早就坐在旁邊看了，不是嗎？』

『誰知道你有沒有拜託你老爸跟瀨戶老師說些什麼。』

『我才不會幹那種事。』

『這可很難說。』

『我以為你應該了解我。』

『……』

頓時，我和出雲的視線交錯，出雲咬了咬嘴唇，這一刻我真的很討厭老爸，但我不討厭出雲，也不希望他討厭我。老爸和瀨戶老師交往、我被分派擔任Post、出雲從45被撤換，這三件事雖然同時發生，但並無關聯，我想出雲應該也很清楚。

這時候，瀨戶老師叫了我的名字。

『隼，就Post位置。』

我隨即停止做伸展操，正當我起身準備走向球場的時候，出雲卻朝瀨戶老師狂奔而去。這下糟了！這時候我的存在也許會讓事情變得更嚴重，但我不能袖手旁觀，畢竟出雲也算是朋友，至少對我來說是如此，我連忙追了上去。

『為什麼不讓我上場參加練習？』

出雲雙手緊握拳頭，用帶著憤怒的語氣質問著瀨戶老師，他該不會想打瀨戶老師吧？不過，怎麼看都覺得瀨戶老師比他還強，但為了以防萬一，假如出雲真的出拳了，我還是得趕快把他拉開才行。

就在此時，出雲伸手指向我，說：

『比起隼，我的射門不是更好？』

『這我知道，我是手球社的指導老師。』

『那到底是為什麼？』

出雲的這句話讓跑出球場撿球的社員們統統停下腳步，全都往這裡看過來。

『我把你放在Side，你卻卯起來亂射門。』

『妳的意思是我打亂了整個隊的步調嗎？』

瀨戶老師沒有回答，只是默默緊盯著出雲。他們周圍籠罩著一片緊張氣息。此刻的瀨戶老師看起來更高壯，當然這只是我自己的感覺罷了。

只見瀨戶老師緩緩地舉起手，彷彿在發揮神功般似地安靜且溫柔地握住出雲左手手肘的部分。

『就算你不說，問題也不會消失。』

『我……』

『你需要好好休養。』

瀨戶老師更加出力握住出雲的手肘，出雲立刻露出痛苦的表情，瀨戶老師輕聲問他：『會痛嗎？』

『……有一點。』

『成長痛啊。』出雲順從地點點頭。

氣氛也跟著緩和下來，操場上吹來一陣熱風撫過我的臉頰。

『隼，就Post位置。』

『呃，是。』

瀨戶老師又恢復了以往渾厚的音調，上場前我對看起來好像快虛脫的出雲說：

『喂，你可別做早退這種半吊子的事喔。』

『才不會哩。』

出雲微微地點點頭，有些不好意思地撇過頭去。

『少廢話～快點就定位啦。』

我快跑進場，朝風同學接著湊了過來。

『瀨戶老師跟出雲說了什麼？』

『喔，我不是聽得很清楚耶。』

我故意裝傻，因為我總覺得剛剛瀨戶老師與出雲的對話是屬於他們之間的秘密，我只是剛好站在旁邊才會聽到。雖然不太了解他們在說什麼，但我大概知道了出雲的左手在痛，原來瀨戶老師早就知道了。雖然問的人是朝風同學，可是沒有出雲的允許，我想還是不說為妙，就算朝風同學會因此對我更加冷淡。

不過，朝風同學只是曖昧地笑了笑，露出他那口整齊的白牙。

『瀨戶老師真不簡單，幾句話就讓出雲安靜下來。』

『就是說啊。』

比賽再次開始，我站在Post，卻沒幾個人傳球給我，看來大家還是在排擠我，也許剛剛出雲和瀨戶老師的事又讓大家對我的誤解更深了。

算了，認真練習吧。

我不會勉強自己射門，假如有機會，我一定會全力射門給大家看。這麼做並不是為了證明我沒有受瀨戶老師的關照，只是因為我想打手球，想盡自己的努力去守護Post這個位置，剩下的就交給老天爺去安排了，我只能靜待情況好轉。這樣就好，反正我只是個平凡的高中生，不是想統一天下的謀略家。

比賽中途朝風同學趁對方疏忽之際，朝一直沒機會發揮的我送了個長傳，我趕緊抓住機會射門，沒有假動作，瞄準守門員胯下的縫隙，使出全力扔出一個快速球。

守門員來不及反應，我的射門得分！

20. 啊啊啊啊～我受不了啦

練習結束後我最後離開學校，熱氣漸散的黃昏蟬聲四起。

比完賽，我和出雲、朝風同學沒再說過半句話，和其他的社員也是如此，雖然早就料想到會有這種情況，但要說不寂寞那是騙人的。運動過後流了一身汗覺得很舒服，可是我的神經不自覺變得敏感，感到格外疲勞。

原本以為瀨戶老師會有話要跟我說，但她卻什麼都沒說。難道老爸什麼都沒跟她說嗎？就算這樣，她應該也看得出來一年級的社員故意和我保持距離吧？

總之，今天的社課已經結束，接下來，我應該回家了。

可是，我就是不想回家。和咲良分開後來學校的路上，即便心裡有疙瘩，我還是可以勇往直前，但以往再熟悉不過的這條回家的路卻變得舉步維艱。我坐在校門前的護欄上，看起來像是在等待某人一樣。

當然，我並不是在等瀨戶老師，此刻的我需要面對的不是她，而是老爸。瀨戶老師有戀愛的自由。

戀愛，一想到這兩個字，我就覺得反胃。

感覺糟透了，老媽懷孕的事也是，我的父母還真會找事情讓我煩。

我站起身，快步向前走，但走的是與回家相反的方向。

為了讓心情平靜下來，我需要散散步，否則，我可能又會走到車站搭上電車。想到這，我放慢了腳步。

『啊啊～』

確定附近沒有人後，我提高音量又喊了一次。

『啊啊啊～』

再一次。

『啊啊啊啊～』

再來一次。我的聲音聽起來像是叫賣豆腐的喇叭聲，不過並沒有人抱著鋁鍋要來買豆腐。我想我大概是熱昏頭了，整個人都變得怪怪的。

結果，我就像個菜鳥小偷在住宅區裡晃來晃去老半天，最後還是回到自家門前。

客廳的燈亮著，老爸在家，本來我還有點期待他可能會不在家，一看到燈光反而讓我猶豫著該不該進去。考慮了好一會兒，在門口遇到同棟公寓裡認識的人，只好走進大廳搭電梯。

我抬頭看著監視器，露出兇狠怒視的表情。

假如等會兒和老爸一言不合，說不定我就會變成不小心誤拿刃器殺害父親的少年……要是我逃走了，現在監視器裡錄到的我就成了追蹤犯人的有力線索，新聞標題：『犯罪前，回到家的兒子。』

我在胡思亂想什麼啊！避開監視器，甩掉腦中的妄想，回過神電梯已經到了我家的樓層。雖然很不想走出電梯，但按鈕是我按的，既然到了就出去吧。

拖著緩慢的步伐穿過走廊，來到家門前。拿出鑰匙，悄悄地插進鑰匙孔，順便看了看四周。搞什麼啊！我又不是小偷。不過我還是盡量壓低開門的聲音。

沒想到回家會讓我心情那麼沉重，振作點！隼！

為自己打完氣，我用力推開門，脫掉鞋子後，本來打算直接走回房間，最後卻走向客廳。

『我回來了。』

『你回來啦。』

真是普通的對話。

原先對著餐桌上筆記型電腦打字的老爸，頓時間停下手抬起頭看著我。我緊閉雙唇，眉頭深鎖，鼻孔撐開了，我的表情映照在陽台的玻璃窗上。

嗯，老爸輕聲嘟嚷著，在鍵盤上敲了好幾下。他大概是想把寫到一半的稿子先存檔後再關機，畢竟看到我現在這張臉，他也知道不是應該繼續工作的時候。

『你先坐下。』

老爸要我坐在他對面的位子，但我拒絕了，說不定等一下我會想奔出家門，坐著反而礙事。

『我站著就好。』

『是喔，好吧。』

老爸將電腦螢幕蓋上，放到一旁。

『你昨晚不是離家出走，是無故外宿吧。』

『這還不一定。』

『是因為老爸嗎？』

『也可以這麼說。』

老爸把背往後靠，用一雙黑眼珠盯著我瞧，他接著說：

『你有什麼話想說就說吧。』

老爸的態度真教人不爽，他憑什麼裝出那副了不起的模樣？又憑什麼好像很諒解我的態度？

『你和瀨戶老師在交往嗎？』

老爸緩緩地點點頭，說：

『之前我已經跟你說過，我喜歡瀨戶老師。』

『那我也跟你說過，瀨戶老師是我學校的老師，也是我手球社的指導老師。』

『所以我才會認識她，這都要感謝你。』

『我覺得很困擾！我們社團裡有人看到你和瀨戶老師在約會。』

約會，說到這兩個字我的舌頭不小心打結了一下。

『我們的確約過會。』老爸的語氣像是想起了什麼美好的回憶。

客廳裡冷氣很強，但剛從外面回家的我卻開始冒起汗，冷熱交錯讓我不禁全身起了雞皮疙瘩。

『你知道因為這件事，我在社團遭受到怎樣的對待嗎？』

『我知道，剛剛瀨戶老師有打電話給我。』

『那你還……』

老爸舉起手打斷我愈來愈激烈的聲音，他淡淡地說：

『對不起，但我也無可奈何。』

這句話完全出乎我的意料之外。

再怎麼樣也不該這麼說啊！老爸，你真的太過分了！

突然間，我的肩膀顫抖了起來，腦袋裡一片空白，一股未知的感情強烈撼動，讓我情緒高昂。憤怒、悲傷、訝異混雜著破壞的衝動，在我心底不斷沸騰。

我們父子不是一直生活得好好的嗎？老爸和老媽離婚讓我大受打擊，但老爸卻一直陪在我身邊，我也都很聽話順著老爸的意思，可是……

『就像你喜歡咲良那樣，老爸也很喜歡瀨戶老師。』

這怎麼會一樣！話到嘴邊，我還是沒有說出口，全身不住地顫抖著。

『老爸也會喜歡上別人，本來我打算在你真正獨立前，我不會喜歡上任何人，自從和老媽離婚後我就一直這麼想，可是，偏偏讓我遇上了瀨戶老師。』

我吸了一口氣，試著改用腹部呼吸，否則我可能會氣到說不出話來。

『也許，當初你進手球社的時候，就是開始要獨立的時候了，或是你遇到咲良的時候。一向不怎麼穩重的你開始懂得去思考、行動，所以我才會對你感到放心，壓力減輕後，老爸開始注意周遭的一切，這才發現瀨戶老師其實很有魅力。』

『你不要說得那麼好聽。』

我只想得到這樣回答。

『你說得沒錯，我把一切都合理化了，可是老爸也有自己的想法，我很了解你的心

情，但這次我沒辦法像以往那樣理性，我也不想再受你老媽的左右了。』

『老媽？』

『是啊，其實在更早之前我就想告訴你我和瀨戶老師的事了，可是你先告訴了我關於老媽懷孕的事。我想那件事對你來說是個不小的打擊，要是我又告訴你我和瀨戶老師交往的事，你可能會受不了。我考慮過要和瀨戶老師分手，但到頭來還是做不到。』

老爸自嘲地笑了笑，那不是苦笑，而是種心酸、難受、哭笑不得的表情。那一瞬間，我覺得自己輸了。但很快地身體的顫抖再度提醒了我，我無法接受，現在的我還需要老爸，也還需要老媽。

『老爸，我討厭你。』

我忍不住說出這句話，老爸難過地搖搖頭。

離開客廳，我把自己鎖在房間裡，老爸並沒有追過來。

我好孤單，我只是個孩子，卻被遺棄在無邊無際的宇宙裡。好想消失不見，不光是我，還有老爸、老媽以及老媽肚子裡的小寶寶，大家一起消失不見。

咲良，妳願意和我一起消失嗎？

21. 窩囊廢再度離家出走

宛如颱風來臨前的雲層，夏天就這麼無聲地消逝。

那晚之後，我和老爸幾乎沒有交談，除了吃飯以外的時間，我盡可能避開老爸。老爸也順著我的意思，吃飯時氣氛變得相當沉默。我大概可以理解咲良的心情了，沒有對話的進食，充其量不過是補充營養的行為。但在社團耗費了大量的體力，不吃點東西也不行，在這麼糟的氣氛下吃飯，害我連做飯也失去動力，只想草草了事。

『隼，你最近做菜好像有點隨便喔。』

有次吃飯老爸丟出這麼一句，然後默默地加了調味料。

去了社團也沒半個人找我說話，自從上次那件事後，出雲就沒再來過社團了。聽朝風同學說，好像是瀨戶老師同意讓他暫時休息。但這並不是朝風同學告訴我的，是他和其他人聊天時我在旁邊聽到的。

儘管如此，我還是準時到社團報到，一方面是不想逃避，另一方面是想去丟丟手球、活動活動身體。

關於瀨戶老師對出雲說的『成長痛』，我也上網去查了一下，查到的解釋有很多。有人認為根本沒有所謂的成長痛，但一般多是指發育中的孩子骨骼或關節引發的疼痛。根據瀨戶老師的說法，出雲應該是練習過度導致左手肘疼痛。

我想以出雲那麼好強的個性，社團以外的時間，一定有在暗中練習，特別是射門方面的練習，難怪會搞到左手肘受傷。瀨戶老師就是因為發現到他的異狀，才把他從45換到不太需要射門的Side，但出雲還是很想射門，所以上次的練習賽瀨戶老師就不讓他參加了。

現在的出雲需要好好專心療養。

只是，瀨戶老師卻沒把這件事告訴其他社員，所以大家都懷疑出雲不來社團是因為我的關係。

算了，比起那件事，我更想知道我的背痛是不是也是『成長痛』，畢竟手球和其他運動相比是個不太會用到背部的運動。不過無論是哪種運動，就算只是走路也都會運動到脊椎骨，也許我在不知不覺中也過度使用了我的脊椎骨。

想來想去，就是想不到可能引起背痛的原因。

我既不像出雲有在暗中練習，也沒有從事手球以外的運動，我試著說服自己背痛是因為『成長痛』，好歹知道病名就比較不會害怕。而且這三個字聽起來也較讓人放心，伴隨著成長出現的疼痛。如果真是如此，我還可以忍耐，反正總有一天會好。這麼說或許有點怪，但『成長痛』好像是一種還不錯的病。

沒人和我說話，我只好自己想東想西了。

現在，唯一能和我說話的人只剩下咲良了。每隔幾天，基本上是不用練球的時候，我會先到超市採買食材，再偷偷潛入咲良住的女生宿舍。就算咲良誤會我是要賣人情給她，我覺得幫她改善飲食不均的問題是更重要的，關於這點我還幫得上忙。這麼一來，我也就不用跟老爸尷尬地同桌吃飯了，真是一舉兩得！然而某天晚上，我卯足全力做了『純正山形縣產黑毛和牛手工漢堡肉排佐和風醬汁＆五顏六色燙青菜佐現磨山葵』，可是咲良卻說了一句讓我超掃興的話：

『真的很好吃！不過昨天富士已經請我吃過松阪牛的沙朗牛排了。』

富士這麼大手筆！他該不會是有錢人家的小開吧？還是打了好幾份的工？我可以想像松阪牛的沙朗牛排有多好吃，但咲良妳也不必那麼高興地告訴我吧！實在有夠白目，我都不知道該怎麼反應了。真想看看老爸、老媽，不，我才不想，只是現在也不太想看到咲良的臉了。

生氣歸生氣，我可是有任務在身，就是讓咲良接受檢查。雖然我勸過她好幾次，但她總是拒絕我，老是說她現在很健康沒必要檢查。既然如此，看來我只好告訴她的監護

人了。

可是不管告訴誰，總不能只用一通電話帶過，雖然不是多嚴重的事，但還是跟對方面對面直接說會比較好一點。只不過現在我並不想拜託冷戰中的老爸。

至於那須先生，我也不想見到他，雖然他是咲良的親生父親，卻也是老媽的再婚對象，更是老媽肚子裡小孩的父親，我不知道該用怎樣的表情面對他，屆時氣氛一定會很僵，這樣不僅那須先生尷尬，我也會很難受，現在不是見面的時機。和老媽也是，自從五月那晚之後，我們便沒再繼續每個月一次的約會。

那就只剩下長野縣茅野市的藤森夫婦了，他們一個是咲良的親生母親，一個是她的繼父。茅野市就在避暑勝地蓼科的附近，這對人在東京、汗流浹背、熱得受不了的我來說，實在是個不錯的好去處。

可是，我已經答應過咲良不告訴任何人，上次為了遵守和老媽的約定而瞞著咲良，那麼這次我也應該遵守和她的約定才是。

反覆思索了許久，我突然想到一個點子。

我打了通電話去試探咲良，她說因為家裡一直催，所以她最近打算回老家一趟。閒聊了一會兒，我便趕緊掛斷電話，也許咲良會以為我還在氣上次漢堡肉排的事，不過我早就忘了。不，其實我還是耿耿於懷。

我急忙撥了通電話，還好接的人是他。

三日後，趁著社團休息，我搭上那班熟悉的電車，由新宿出發前往松本的SUPER AZUSA。當天乘客很多，幸虧我早早排隊，要不然就沒位子可坐了。

到達茅野車站時，天氣和東京一樣炎熱，我忍不住用手腕擦了擦額頭，但從月台看到了八岳山後心頭產生了一股涼意。

此刻我人正坐在車站附近的咖啡廳裡，對面坐的是銀河，是咲良沒有血緣關係的弟弟。相較於我的怯懦，他有著令我羨慕的霸氣，同時也是個愛護姊姊的國中生。

『咲良姊不是還在東京嗎？你幹嘛為了見我特地跑來茅野？』

『我偶爾也想見見你啊。』

『說這種謊，我聽了也不會高興。』

『我又沒有說謊。』

和銀河像這樣面對面讓我有種懷念又安心的感覺。

『你好像曬黑了耶。』

『這邊的陽光很強，我看你也黑了不少。』

『因為社團的關係啦！我們那種小社團，就算是放暑假，學校也不會把體育館借給我們用。』

Menu

銀河拿起桌上那杯加了很多奶精和糖漿的冰茶一口喝下，杯裡的茶立刻少了一半。

『你在電話裡說有事要拜託我，是什麼事？』

銀河雙眼直視著我。

『我想了很久，最後只能拜託你了，是關於咲良的事。』

『我想也是。』

接下來我把咲良昏倒的事告訴了銀河。

『我想請你在咲良回老家的這段時間，找機會勸她去接受檢查。』

銀河把剩下的冰茶一飲而盡，吸管也發出了用力吸吮的聲音。

『……你為什麼一直瞞到現在？』

『我以為我可以說服得了她。』

『這有什麼難的，直接帶她去醫院不就好了，我就會這麼做。』

銀河生氣了，他的反應出乎我的意料。我鬆開嘴裡的吸管，試著解釋：

『你認為咲良會乖乖跟我去醫院嗎？而且事情可能也沒那麼嚴重，護士小姐只是說很有可能而已。』

『你這傢伙就算曬黑了，還是個窩囊廢。』

銀河冷冷地說，雖然很氣，但我也無從反駁。

『你放心，我會帶咲良姊去醫院的。』

銀河果斷的語氣讓我為之一震。

『如果可以，在檢查結果出來前請先不要讓大人知道。』

『嗯，我知道怎麼做。』

『沒問題吧？』

『哪會有什麼問題。』

看到銀河信心滿滿的態度，我反而感到不安，也許我應該先停止冷戰，和老爸商量看看才對。

『我想她應該是營養失調。』

『檢查完就知道啦。』

銀河有些不耐煩地打斷我的推測，我只好把想說的話又硬生生地吞了回去。往窗外一看，山麓翠綠的八岳山環繞著薄薄的雲層，去年冬天我帶著高中的合格通知和入學手續的文件來到這，那時和咲良碰面的蓼科湖是在哪個方向呢？當時因為下雪結冰的人工湖沒有半個人影，現在卻成了遊客爭相造訪的避暑勝地。

想想，時間過得真快。

『咲良什麼時候回來啊？』

『我也不知道，說不定今天就回來了。』

對於我的自言自語，銀河也出聲附和，我聽得出來他很期待咲良回來，雖然他說話很不客氣，卻是個凡事為咲良著想的好弟弟，我知道他比我還在乎咲良。

22. 出乎意料的偶遇

我呆坐在茅野車站剪票口前的木製長椅上，等著下一班回東京的AZUSA列車。再過一會兒就要傍晚了。車站的電視播放著八岳山之一赤岳的現場直播影像，螢幕裡一群登山的中老年人正待在四周都是岩石的山中小房裡歇息，山中薄霧密佈，天氣看起來不太穩定。

與銀河見完面後，我漫無目的地在茅野車站附近閒晃，離開東京時我曾想過要搭公車去蓼科湖走走，所以才會搭早一班的SUPER AZUSA，可是和銀河聊完我就沒那種閒情逸致了。

乍看之下我好像完成了什麼義務或責任，可是這樣做真的好嗎？我心裡不斷浮現這樣的疑問，就像惱人的汗水不斷滲出。

我沒有違反和咲良的約定，只是把該說的事告訴銀河而已，原以為說出來我心裡會舒服一點，然而卻事與願違，反而開始後悔是不是不該這麼做。

耳邊傳來列車進站的廣播，但不是我等的那班，是另一班即將抵達茅野的

AZUSA。

我重新坐回椅子上，剪票口步出大量的人潮，不外乎是觀光客、登山客，以及返鄉的人。每個人看起來似乎都很期待到這裡度過暑假，就連候車大廳也感受到那股興奮的熱度。

過了一會兒，人潮漸退，我突然瞥到剪票口那裡有張熟悉的臉孔。

原本還很放鬆的我，一下子繃緊神經，這下該怎麼辦才好？如果現在離開反而會引起注意。候車大廳裡人也開始變少了，我趕緊低下頭假裝睡覺，屏住呼吸，不敢亂動。

有個腳步聲朝我接近，而且就這麼停了下來。

『你怎麼會在這裡？』

大勢已去~我抬起頭，抱著行李的咲良就站在我眼前。想不到剛剛銀河說咲良可能今天會回來，她……真的就回來了。

『呃，我來觀光。』

『你覺得我會相信嗎？』

咲良銳利的眼神讓我快要招架不住，我趕緊往旁邊看，沒想到卻看到另一張熟悉的臉。

是富士！他站在咲良身後，露出惹人厭的笑容。

『真巧啊！難道你是在這裡埋伏嗎？』

『才不是。』

我一臉錯愕，回看了咲良一眼，接著問她：

『他怎麼會在這裡？』

咲良有些困惑地側著頭，每當她做起這種討厭的表情，看起來反而更加可愛。

我感覺自己已經走投無路，不是因為這裡是距離東京很遠的茅野，而是咲良讓我不知道該如何是好。

富士開口代替咲良回答，他肩上也背著一個很大的包包。

『我是來向咲良的父母親問安的。』

『問安……』

我張開嘴卻不知道該說什麼，只好呆站在原地。

『喂，你不要隨便跟隼亂開玩笑。』

『妳怎麼知道我是在開玩笑？』

『總之，你不要亂說話就對了。』

聽到咲良這麼說，富士便乖乖閉嘴。咲良接著說：

『富士的爸爸在蓼科有棟別墅，他等會兒要直接過去那裡，正好我也打算要回家一趟，所以我們就一起搭車回來了。』

『然後我們會一起在蓼科度假。』富士又忍不住插了嘴。

『絕對不可能，如果讓我媽知道我和在東京認識的男生玩在一起，我也不用回東京了。』

『那可不行。』

『所以你就一個人乖乖待在別墅吧。』

『這個嘛……』

咲良和富士有默契地一搭一唱，看樣子他們的關係比我想像中的還要親密。想到這裡，原本已經沒什麼精神的我這下更加洩氣了，我幹嘛來這裡？嘴裡不自覺嘆了一口長氣。

『這不重要啦！隼，你為什麼會在這裡？』

『我不知道。』

我是真的不知道。一定是哪裡搞錯了我才會來這裡，要不然就是現在這一切都只是我的錯覺。

『你別想裝傻，那對我沒用。』

『我不是裝傻……』

『那你趕快回答我的問題。』

『問題？妳剛剛問我什麼？』

聽到我的回答，咲良的臉色頓時大變，下一秒，我感到小腿一陣疼痛。

『哈，被踢了吧。』

富士一副幸災樂禍的模樣，我裝做若無其事，伸手摸了摸小腿。

『……』

『快說啊！』

『……』

我不知道該說什麼才好，我和咲良只是遠親，反正我已經交給銀河處理了，而且富士在，我也不方便多說。

繼續看他們兩個在一起我只會更加痛苦，雖然時間還有點早，但我決定先到月台等回東京的AZUSA，忍著小腿的疼痛，我站了起來。

『你要幹嘛？』

身高本來就高的我，一站起來就變成俯看咲良的姿勢，她以為我要回擊她，立刻提高警覺。

『我要去月台等車了，再見。』

『等等，你還沒回答我。』

咲良伸手抓住我，她的指甲插到我手臂。

『好痛，給我放手。』

我輕聲地說，嘴唇微微顫抖。

『什麼？』

『我也是會痛的。』

我的音量稍微放大了些，假如咲良再問我一次，我也許會對她大吼，此刻的我已經控制不住自己的情緒了。

咲良放手了，她緩緩鬆開緊抓住我的手，我的手臂上留下一個指痕，淡淡地滲著血。咲良對我總是那麼粗暴，我之所以容忍她，都是因為那個錯覺，我自以為的錯覺。

『以後妳想找人出氣就去找富士吧。』

話說出口，我有些哽咽，我微微抬起頭，朝候車大廳的天花板看去。

『才不要！』

我以為咲良會再踢我一腳，反正已經是最後一次了，我甘願接受，咲良妳就用力踢吧，我閉上雙眼，靜靜等待。

可是，她沒踢我。

我慢慢張開眼，咲良還站在原地，她撇過頭，生氣地鼓起臉頰。雖然我現在心痛不已，但咲良的臉在我眼裡依舊是那麼美麗，看著她，我還是忍不住說了。

『我來這裡是因為擔心妳。』

『擔心……』

避開咲良，我跨步走向剪票口。

『你該不會……』

背後傳來咲良的聲音，她快步跑到我面前擋住我，眼神充滿憤怒，和我第一次見到她的眼神一樣。

『你告訴我媽我昏倒的事了？你不是答應過我不會說？』

我搖搖頭，說：

『我記得我們的約定，我沒去妳家，不過，我有拜託銀河一件事。』

『什麼事？』

『我請他勸妳去醫院接受檢查。』

『我不是說過我沒事了嗎！』

咲良冷不防地大叫出聲，那聲音就像吹破音的薩克斯風，引起了候車大廳裡旁人的注意，原本待在一旁的富士也跟著跑了過來。

『你剛剛說什麼？』

富士拉開咲良，朝我逼近。

『我只不過昏倒了一、兩次你就大驚小怪，你這樣會害我回不了東京的。』

『我知道，所以我才會拜託銀河啊。』

『你幹嘛那麼多事。』

『誰教妳都不聽我的勸，我只好這麼做了。』

『我不是說過沒那個必要，倒是你，你去看過背痛了嗎？』

面對咲良的逼問，我只好將那個深藏在心裡的事實告訴她。

『那天妳在醫院打點滴的時候，護士小姐告訴我妳會昏倒可能還有其他原因，所以要我勸妳接受檢查。』

咲良靜了下來，瞬間，有人一把抓住我的衣領，是富士。

『這麼重要的事，你為什麼一直隱瞞不說？要是咲良有個什麼，你說該怎麼辦？如果是我，早就拖她去醫院了。』

我別過頭，富士的口水直接噴到我臉上，但這不是我轉頭的原因，而是因為他的指責和銀河如出一轍。為什麼我就是沒有勇氣拖著咲良去醫院呢？

『咲良，走吧！』

富士拉起咲良的手，頭也不回地往前走，換做是我肯定辦不到。也許是事情太過突然，咲良一時間無法反應只好被富士拖著走。

『去哪裡？』

『先去聯絡妳弟弟銀河，就算妳再怎麼不想去，還是得去醫院接受檢查。』

『我知道了，你先放開我。』

『我絕對不會放開妳。』

被富士強行帶走的咲良就這樣從候車大廳消失了，臨走前，她回過頭看著我，希望我幫她，但我只是站在原地，絲毫沒有追上前的意願。

通過剪票口，我走向月台。

『你果然是個窩囊廢。』

我不禁這樣罵了自己。

23. 相隔兩地的煙火

遠處綻放著煙火，公寓的陽台突然亮了起來，但我卻提不起勁走到外面去看。

今天是日本的盂蘭盆節，電視新聞也如往常般報導著返鄉熱的消息。正當大家都在放假的此時，老爸卻說有工作出門了，不，說不定他是騙我的，因為今天也沒社團，也許他和瀨戶老師到哪裡去旅行了，畢竟老爸和瀨戶老師在交往是不爭的事實。

盂蘭盆節是迎接祖先靈魂回家的日子，不過我們住的公寓裡沒有佛壇。記得從我懂事以來，好像從未有過燒迎魂火或把茄子、黃瓜插在竹筷上❻的記憶，怪不得我家的祖先從來沒回來過。

今天的我仍舊是孤單一個人，一整天都窩在家裡，沒和任何人說過半句話，就算想打電話，也不知道該打給誰。

我沒有朋友，也沒有女朋友。

鬱鬱寡歡。

雖然我不太確定這四個字該怎麼寫，但這是目前最符合我心境的成語。無精打采，

什麼都不想做，就連思考都嫌麻煩，心底正潛伏著一股莫名的情感，讓我想要大吼大叫。明明今天又不是土用日❼，我卻很想吃鰻魚，身體感覺都快中暑了，偏偏食慾還是超旺盛。

因為身邊沒人，我整天都在吃，就像個失戀的獨居ＯＬ，不過，以我的情況並不需要在意體重的問題。

客廳裡冷氣的溫度剛好，我躺在沙發上，打開電視，小口小口吃著一大盆的馬鈴薯沙拉。我不喜歡啤酒的苦味，所以拿了瓶薑汁汽水。

真是奢侈，我還有什麼好不滿的嗎？ＯＫ啦！我一個人也過得下去。

『可是，好無聊喔。』

我對著空氣自言自語。

『狂嗑沙拉的傻子。』

❻日本盂蘭盆節的傳統儀式。除了用剝了皮的麻梗燒火替祖先指引回家的路（迎魂火），還在茄子或黃瓜上各插上四段竹筷做成馬和牛的模樣（精靈馬），讓祖先能騎馬快快回家，而回到另一個世界時也有牛幫忙載運供品。

❼土用是立夏、立秋、立冬、立春的前十八天，在這裡指的是土用丑日。日本習慣在夏天的土用之中的丑之日吃鰻魚。原本只是因為鰻魚和丑之日的發音相近，所以在這天都會有鰻魚的店家促銷。現在一般認為鰻魚富含維生素B群，夏天食用可增強體力，預防中暑。

沒頭沒腦地說出這句。

『少囉嗦，你這個窩囊廢。』

我竟然還吐槽起自己。

電話響了！起初我以為是自己聽錯了，當成電視裡的聲音，仔細一聽，原來真的是我們家的電話。大概是老爸吧，即使他現在和瀨戶老師在一起，還是懂得要打通電話對我表示關心。

猶豫了一會兒，我還是接了電話，自言自語久了還有點膩了。

『喂，這是黑木家。』

『喂，隼嗎？』

電話那頭的人不是老爸，是銀河。

『嗯，怎麼了嗎……？』

『是關於咲良姊的事，你有在聽嗎？』

『嗯，你繼續說。』

可能是我的語氣太過平淡，銀河似乎有些失望，但他還是接著說了下去：

『那天和你見完面後，我在茅野車站偶然遇到咲良姊，我花了好一番工夫說服她，總算讓她跟我去了醫院。』

『檢查結果怎麼樣？』

這是我最關心的事。

『醫院說檢查需要先預約，大概要等十天左右，咲良姊沒打算在這裡待那麼久，所以只先讓醫生看看而已。』

銀河的語氣聽起來有些過意不去。

『是喔。』

『醫生也叮嚀她要好好吃飯，可是當時我不在診療室，所以不是很清楚。』

我看了看手邊的馬鈴薯沙拉，材料是馬鈴薯、培根、小黃瓜、胡蘿蔔和洋蔥，再用自製的美乃滋、芥末粒和蜂蜜調味。如果把這當早餐，應該算是很營養了，真想讓咲良吃吃看。

『很抱歉沒能做到我對你的承諾，可是我又沒辦法去東京，所以，隼，你一定要帶咲良姊去接受檢查喔。』

『我有很多事要處理。』

我嘆了口氣予以婉拒，結果卻惹惱銀河。

『可是，我只能拜託你啦！』

聽到銀河這麼說，我突然想起一件事。

『銀河，你看到咲良的時候她身邊沒有其他人嗎？』
『沒有啊！你在說什麼？』
『不，沒有就算了。』
看來銀河沒見到富士。
『咲良現在在哪？』
『她去看煙火大會了，所以我才趕快打給你。』
她和誰去？話到嘴邊我還是沒說出口。就算她現在和富士在一起，銀河也不會知道，問了也是白問。窗外再度亮了起來，但我還是毫無興趣。
電話裡銀河繼續說著要我帶咲良去檢查的事，最後我只好答應他我會盡量試試看，然後就掛斷了電話。就算知道沒用，我也會努力說服她的，要是真的不行就去拜託富士好了，富士說的話，咲良應該聽得進去。假如檢查的結果真的是營養不良，剛好可以讓富士再請她去吃松阪牛排。
我又吃了口馬鈴薯沙拉，無添加物的自然調味，芥末粒的酸正好達到提味的效果。
『這沙拉真好吃。』
好吃也沒用，只有我自己吃而已。想到這裡，我不禁感到沮喪，不自覺又再吃了一口沙拉。

此時，手機響了！原本我以為這次應該是真的聽錯，但來電鈴聲是我熟悉的『女神戰記』，這是咲良擅自設定的鈴聲。

我急忙吞下沙拉，忍不住咳了起來。

『喂，咳咳～』

『接到我的電話這麼興奮啊。』

『妳等我一下。』

我喝了口薑汁汽水想把卡在喉嚨的沙拉沖掉。

『你現在在做什麼啊？』

『在看煙火。』

我想都沒想就回答了。

『……』

沉默了一會兒，咲良又接著說：

『是銀河對吧，他趁我不在家的時候打電話給你。真是個壞傢伙。那你應該知道了吧，我去過醫院了。』

『可是，妳並沒有接受檢查。』

咲良趕緊轉移話題：

『你知道我和誰在看煙火嗎？』

『妳想和誰看煙火是妳的自由。』

『哦～那我就不說囉。』

這樣也好，與其把電話交給富士，讓我聽到他那惹人厭的笑聲，不說還比較好一點。電話那頭傳來低沉卻充滿震撼力的爆裂聲，咲良眼前應該出現了大大的煙火，我不自覺看向陽台的窗戶，隔著大樓看到一部分的煙火。

雖然分隔兩地，此刻正在看煙火的我們，透過手機產生聯繫。當下我作了個決定。

『等妳回到東京，我們再去一次醫院，我會讓醫生看我的背痛，所以咲良也要接受檢查。』

好歹這件事得由我來負責，就算這一刻，咲良和富士在一起。

『我會考慮。』

『不必考慮了，就這麼決定。』

『你還真強硬。』

『是啊，不強硬點妳哪會聽。』

現在我覺得自己好像脹得快拉出來了，也有可能是因為吃太飽，但應該是我對咲良說狠話的關係。

『隼……』

咲良的語氣欲言又止一陣沉默後，我又聽到煙火升空的聲音。

『晚安。』

我掛斷了電話。

坐在沙發上，我像隻飢餓已久的劍龍狂掃剩下的馬鈴薯沙拉，雖然是恐龍，但卻是草食動物，這個比喻比較像我。不過，在我心底應該住著一隻小小的暴龍，也許將來的某一天，我會變身暴龍狂嗑松阪牛排。

不知道為什麼，總覺得久未發作的背痛今晚又會發生。

突然，手機又響了。

當我看到螢幕上顯示的來電者姓名，實在難以置信，我壓根兒沒想到他會打給我，就算今天是盂蘭盆節，應該不會有鬼想對我惡作劇吧？可是，出雲為什麼打給我？

24. 帶著疼痛

身穿白袍的醫生坐在椅子上轉了半圈面向我，面無表情只用眼神掃過我的臉。

我不禁嚥了一口口水，此刻我並不覺得背痛，但卻全身緊繃。與其說我是在聽醫生的診斷，倒不如像是在等待判決的宣判。

『你並不是成長痛。』

醫生用極為平淡的語氣否決了我原先的想法，頓時間我覺得眼前一片黑暗。那……到底是什麼原因？心中的恐懼不斷蔓延。

『不過，也有人把這種症狀界定為成長痛。』

我的眼前再度出現了一線光亮，不過醫生的說明著實令我摸不著頭緒。

他把X光片秀給我看。

『總而言之，你的脊椎骨很正常。』

呼～總算可以鬆一口氣了，但我還是有些擔心。

『請問，那我的背痛是因為？』

『你身高幾公分？』

『現在的話不是很確定，之前量過是一百七十七公分。』

醫生快速地打量了我的全身，可是我現在坐著，他應該也看不出來我到底幾公分。

『你應該又長高了，大概多了兩公分，之後還會再長，這就是你背痛的原因。你沒生病，只是因為發育太快而導致身體疼痛，所以要說是成長痛也行。不過，你那個朋友……叫什麼來著？』

『您是說出雲嗎？』

『嗯，他的情況就和你不一樣。他身體的某個部分因為過度運動而受傷，他卻一直把那個當成是成長痛，你的話則是因為身體跟不上骨骼的快速成長而產生的疼痛。』

『那我該怎麼辦才好？』

『忍耐。』

『呃……就這樣？』

我好不容易下定決心來醫院，沒想到醫生的診斷卻是這樣，連個治療方法都沒有。

『我是可以開止痛藥給你，不過能夠不吃就盡量別吃，另外再開個藥膏給你，別把背痛的事想得太嚴重。』

『是。』

我輕聲回答。假如現在是在學校，老師肯定會說：『你的聲音怎麼那麼小，再說一次！』

『過一陣子背痛的情況就會消失了，除非你一直長到三百公分那麼高。如果真的變成那樣，你可就破了金氏世界紀錄，我也可以在學會發表論文了。不過，這可能性幾乎是零啦。』

話一說完，醫生的椅子又快速地轉了半圈，背對著我。我站起身，拿著醫生開的處方箋走出診療室交給護士。

出雲正在走廊上等著我，雖然他一臉冷漠，但一看到我立刻就從長椅上起身走了過來。他的左手被繃帶固定住。

『醫生怎麼說？』

『他叫我忍耐。』

『啥？』

『他說過一陣子就會好了。』

出雲聽到我這麼說，一時間不知該如何反應。

『醫生的說法是因為我在發育，所以脊椎骨跟著被拉開。』

出雲一聽立刻露出『什麼嘛～』的表情。

『意思就是你又長高了，是吧？我也長高了，不過還是高不過你啦。』

對自己的身高感到自卑的出雲，特別跟我強調他也長高了。

拿完藥後，我們一起離開了醫院。早上出門時太陽才剛出來，現在卻已接近中午。夏天的腳步正慢慢地移往秋天，但炎熱的氣溫提醒了我中午即將到來。

接到出雲電話後過了三天，盂蘭盆假期結束的這天，我請出雲介紹我他去的醫院。和我一起來到醫院的出雲順便請醫生幫他開了一張診斷證明：『暑假後可照常從事社團活動』。

『我們先去吃個飯，然後趕快趕去學校。』

對於出雲的提議，我問：

『去學校？今天社團休息耶。』

『我要把這個拿給瀨戶老師，你陪我去啦，你剛好可以順路回家啊。』

出雲拿出裝有診斷證明的信封。

『好是好，可是瀨戶老師在嗎？』

『我確認過了，她今天值班。雖然瀨戶老師現在和你老爸在交往，但我還是她的忠實粉絲。』

空氣中流動著微妙的氣氛，我不禁笑了出來。瀨戶老師今天值班啊，所以說老爸真

的是因為工作出門囉？

『話是這麼說，之前你對她的態度還真是叛逆。』

『不過，我真沒想到瀨戶老師居然察覺到我的左手在痛，那她明說不就好了？幹嘛悶不吭聲地把我調離45？看樣子瀨戶老師還真是個不擅表達感情的人呢。』

出雲喜孜孜地撫摸著被繃帶固定住的左手肘，我想就算暫時不能參加社團，他一定還是有私底下用右手練習，看到他那身膚色我就知道了。雖然情況不同，但我和出雲都帶著成長痛健康地活著。

後來，我們兩個大男生進了家連鎖牛肉蓋飯店。

出雲向我道了歉，但卻兜了很長的圈子，一點都不直接。為了節省時間，我簡短地歸納了他說的話。

出雲說當初他因為左手肘疼痛感到煩悶的時候，正好被調離45，所以就把氣出在擔任Post的我身上。對此他感到很抱歉，但他又說這不表示他覺得我的實力比二年級的社員好。他還說，只要他手痛的問題解決了，以他的技術絕對可以勝任正式球員。然後又說其實他不認為瀨戶老師有特別關照我，只是想不透瀨戶老師為什麼會安排我在Post，之後還牽拖到我老爸不應該和身為社團指導老師的瀨戶老師交往，所以他會那樣懷疑也是理所當然的事。

『瓜田不納履，李下不整冠❽。』

這是出雲引用他記得的成語。

『我不會在大家面前向你道歉，你應該展現你的實力，得到我和大家認同。』

我想也是，以出雲的個性，光是要他自己打電話給我，想必他也掙扎了很久。他說的話，我可以理解。

我們只花了三分鐘就把牛肉蓋飯吃完了。

早上在醫院前碰面時還很尷尬的我們，在搭電車去學校的路上已經恢復以往的感覺，把話說開了。其實我這個Post還沒有展現我的實力。

『好想參加比賽喔。』

出雲用右手抓住電車的吊環，嘴裡不斷喃喃地這麼說。出雲因為私下練習搞到左手肘受傷，想必他上場比賽肯定會更卯足全力。假如場邊又有女生在看，他絕對會更起勁。只不過，現在的他並沒有認識可以找來看比賽的女生，我也是。

富士倒是有，想到這，我的胸口突然痛了起來，這應該也是一種成長痛吧？讓我心痛的，是個粗暴的女生。

過了一會兒，心情慢慢沉澱，究竟那天咲良是和誰一起去看煙火大會呢？

『喂，你有沒有在聽我說話啊？』

出雲的呼喊讓我回過神。

『搞什麼啊，不要那麼恍神。』

這句話還真像咲良會說的話，唉，我怎麼又想到她了。

從車站到學校的路上，蟬鳴聲此起彼落。雖然現在還在放暑假，我卻想起了除夕的『第九❾』，也許是覺得時間過得很快吧。

進校門前卻看到一張熟面孔，那張令我厭惡的熟面孔，打亂我人生的那傢伙。

『富士！』

相較於我的訝異，富士倒是露出了輕鬆的笑容。

『還真巧啊！』

『是你？』

之前富士曾到過手球社看我們練習，那時他還說了很多難聽的批評，我想出雲應該不會忘記。出雲臉上盡是不悅，我腦中頓時浮現一個念頭：假如現在二對一，我們肯定

❽在瓜田下脫鞋，很容易讓人懷疑是偷摘瓜的人；而在李子樹下整理帽子，也很容易讓人懷疑是想偷摘李子。也就是說，凡事處在有嫌疑的地位就該避開嫌疑，又稱『瓜田李下』。

❾在日本每到年底，到處都會舉辦貝多芬第九號交響曲的演奏會。第九號交響曲中的第四樂章名為『歡樂頌』，意味著『克服苦痛的喜悅』，給人一種『新年新希望』的感覺。

會贏。

『哦～你是那個暴躁的Side。』

『你說什麼！』

我趕緊按住出雲的肩膀，企圖制止他。為了讓出雲冷靜下來，我接著說：

『你來我們學校有什麼事？』

『我來找你們手球社談比賽的事，一年級對一年級的比賽。』

『比就比，誰怕誰。』

一聽到比賽兩個字，出雲立刻回應，富士搖了搖頭，說：

『不是你說比就能比，你們手球社的社長是二年級的，一年級的領隊應該是那位守門員吧。』

在出雲反駁前，我趕緊反問：

『所以你是來見瀨戶老師的？』

『嗯，她很爽快地答應了。她聽到可以在我們學校的體育館裡比賽，也覺得很高興，認為會是個不錯的經驗。』

『體育館啊……』

出雲聽到可以在體育館比賽，不禁有些心動。其實手球本來就是室內運動，卻因為

是非主流運動，所以老借不到體育館。在體育館比賽聽起來的確很吸引人。

『你好像很高興。』我對出雲說。

『哪有。』

出雲馬上別過頭，我猜他大概是忍不住想笑的衝動。

富士接著面向我，說：

『在這裡遇到你正好，我本來還想打電話約你出來見面，有些私事要跟你說。』

『我也是。』

我轉頭對出雲說：

『不好意思，你可以自己去見瀨戶老師嗎？』

『喔，可以啊。』

出雲瞪了富士一眼後，走進校門，中途，他停下腳步轉過身問：

『對了，比賽是什麼時候？』

『一星期後。』

『什麼？這麼快！不能等放完暑假再比嗎？』

『到那個時候說不定就申請不到體育館了。』

『真糟糕。』

這下子，出雲請醫生開的診斷證明等於白開了，但他還是緊握著那個信封，匆匆跑去找瀨戶老師。

25. 突如其來的壞消息

『關於下次的比賽，我想和你打個賭。』

確定出雲已經進了學校，富士馬上開口。

『打賭？』

『嗯，贏的人就可以和咲良交往。』

富士一臉正經地提出這個莫名其妙的提議，我停頓了一會兒，思索著該怎麼告訴他這個提議有多荒唐。

『等等，你說的贏也是一整個球隊贏耶。』

『所以，只要自己的球隊贏了，就可以和咲良交往。』

『這……』

這下該怎麼辦？我邊用手背擦去額頭的汗水邊思考著。富士剛從蓼科回來，難道是因為不習慣東京的悶熱，一時昏了頭嗎？

『要和誰交往，應該由咲良決定才對。』

『所以，就是從我和你之中選一個啊。』

『為什麼一定是二選一？』

『不然還有其他人嗎？』

『說不定她兩個都不選。』

『那她就太超過了。』

富士的語氣顯得急躁，與其說是針對猶豫不決的我，更像是對不在場的咲良。

突然間，我想起一件事。

『你們一起去看了煙火大會嗎？』

『你在說什麼？』

富士的樣子看起來不像是在裝傻，而且他也沒必要裝傻，看樣子咲良不是和富士去看煙火大會。但她卻故意打那通讓我誤會的電話，看來富士也被她耍得團團轉，咲良，妳真行啊！

我心中同時湧現高興與生氣的感覺，看著眼前的富士，我不禁同情起他。

『那天在茅野車站的時候我以為我贏了，可是咲良很快就丟下我，自己回家去了。最後我還是無法帶咲良去醫院，不過她一定得去檢查才行。』

那天富士那麼強硬地拖著咲良離開，沒想到到頭來，咲良還是跑了。

『有件事我想問你，你為什麼那麼堅持要帶咲良去檢查啊？當然我也認為她該再去趟醫院比較好。』

我問他，只見富士從褲子後的口袋拿出一個皮夾，煞有其事地取出一張照片。

『這我之前給你看過了吧，我姊姊。』

『嗯，你姊姊和咲良又不像，你為什麼還隨身帶著她的照片啊？』

『你要說我是戀姊情結也無所謂，也許我真的是吧。』

富士用充滿憐愛的眼神看著那張照片。

『既然你這麼喜歡你姊姊，就快回家直接看本人不是更好。』

『沒辦法。』

『幹嘛～你會害羞啊？』

『不是，我姊姊兩年前過世了。』

富士平靜的語調，深深震撼了我，難怪那張照片看起來有點舊。剛才對富士說的玩笑話化作銳刺彈回我的心，引起陣陣刺痛。

『對不起，我不知道你姊姊過世了。』

『沒關係，是我沒先說。』

『是因為生病嗎？』

『嗯，要是早點發現說不定還有救，明明生活在一起，我卻都沒發現她的異狀。』

原來如此，所以富士才會堅持咲良必須接受檢查，因為對他來說，咲良有著他姊姊的影子。

『原來是這樣。』

我看了看富士手中的照片，現在看來，的確和咲良有幾分相似。

『我不想再留下遺憾，我要連我姊姊的分一起努力活下去。』

『你說得對。』

『那你就要接受這個打賭。』

我認同現在的氣氛，但不代表可以隨便答應他的提議。可是不管我怎麼說，富士似乎也不打算改變心意了。

『咲良也同意嗎……？』

乾脆把問題丟給咲良。

『只要她同意，你就答應嗎？』

『呃，對啊！』

富士小心翼翼收起他姊姊的照片，並拿出手機。

『喂，你該不會是要打給咲良吧？』

『不然你覺得我該打給誰？』

就在這時候，我的手機響了起來，來電鈴聲是『女神戰記』。這下可好，到底該不該接？

『是咲良。』

聽到我這麼說，富士立刻停止按下手機的撥出鍵。

看了看螢幕，確定來電顯示是咲良後，我接聽了電話。

『喂～我是隼。』

『你在哪裡？』

劈頭就聽見咲良的質問，她的聲音聽起來有些慌亂。

『我在學校。』

『社團？』

『不，不是，我正要出校門。』

『你可以馬上離開嗎？』

『呃，應該可以。』

『發生了一件大事。』

咲良好像遇到了什麼麻煩，到底怎麼了？我偷偷瞥了富士一眼，沒想到他卻一把搶走我的手機。

『咲良？是我，富士。』

『咦？怎麼會是你？現在是什麼情況？』

咲良驚訝的聲音連我都聽到了。

『妳聽我說，一星期後我們學校的手球社要和隼他們學校的手球社比賽。』

『那種事之後再說，把電話還給隼。』

『妳先聽我說完，我和隼打算用那場比賽來打賭。』

『打賭，打什麼賭？』

『比賽贏了的人就可以和妳交往，可以吧？』

『隨便啦！』

咲良不耐煩地大叫，富士用力地點了點頭。

『ＯＫ！那就決定囉！』

『快點把電話給隼！』

富士露出滿足的笑容，把手機遞回給我。

『隼，是你嗎？』

『嗯，妳接著說。』

現在我也顧不了那麼多了，咲良的事最要緊。

『喂～到底發生了什麼事？』

『嗯，跟你說，剛剛我爸爸打電話給我。』

『爸爸，是藤森先生還是那須先生？』

『那須，和你媽媽結婚的那個爸爸。』

一聽到這，我背後立刻冒出冷汗，看來是個壞消息。

『然後呢？』

『你媽媽肚子裡的小寶寶，好像流產了，她現在人在醫院。』

頓時我覺得全身無力，手腳都癱軟了下來。咲良告訴我醫院的名字，那家醫院好像就在老媽橫濱公寓的車站附近。

『我馬上過去。』

『我現在剛從茅野回到新宿，等等也會過去。』

我急忙掛斷電話，對富士說：

『我有急事先走了。』

『咲良怎麼了嗎？』

我現在的表情一定很僵硬，富士的反應與其說是不安，倒不如說是難以置信。

『她沒事，我得趕快走了。』
撇下富士，我快步衝向車站，使盡全力狂奔，身體馬上就熱了起來，但我的心卻降到冰點。
滿腦子只有一個想法，都是我害的。
當初聽到老媽懷孕的時候，我一點都不開心，反而還在想為什麼。老媽已經有我這個兒子了，為什麼又懷了另一個新生命，她果然不要我了。我恨老媽肚子裡的小寶寶，要是沒有小寶寶就好了，雖然我沒說出口，但這個念頭確實有過。
對不起！真的對不起！都是我的錯，小寶寶，拜託你一定要活下來，活下來當我的弟弟或妹妹。
我繼續向前跑，希望老天把我消耗掉的能量統統轉移到小寶寶身上，我卯足全力奔跑著。

26. 全力射門

全新的體育館裡空調很涼，就算流了汗，也不會有像在盛夏烈日下的乾渴。打過蠟的地板，踩起來相當舒服，卻也讓我們感到彆扭、緊張。升上高中後，雖然也進體育館練習過，次數卻少得可以，而且我們學校的體育館和這裡相比，顯得老舊許多。

上半場比賽剛過十五分鐘，目前的比數是四比〇，兩隊拉開差距。

『才上半場氣氛就這麼冷，沒關係嗎？』

富士一臉得意地猛朝體育館門口瞧，我的視線也跟著看了過去。

身穿夏季制服的咲良就站在那裡，她一臉無趣地別過頭，身體靠著牆壁，彷彿這場比賽和她完全沒關係，至少在我看來是這個樣子。

不過，我想場內的人大概都知道那件事了，贏了這場比賽的人就可以和咲良交往。富士應該已經拜託他的隊友們幫忙，雖然他們表面上故作沒事，但其他人也沒那麼蠢，一定早就發覺了。唉~超尷尬。

怪不得大夥兒看起來沒什麼精神，因為我的關係，讓他們更加不想投入比賽。

偏偏今天隊上的得分王出雲又沒來，不知道是不是瀨戶老師不准他來，到現在都還沒看到他。

『隼！』

耳邊傳來朝風同學的叫聲，身為我們這隊王牌的他已經被攻下四分，但這並不是他的錯，總不能光靠他在球門前孤軍奮戰。

接收到訊息後，我立刻衝向對方的球門，負責防守我的富士因為咲良搞得心不在焉，有些反應不過來。

朝風同學送了個長傳給我。我接過球，全速進攻，球在上過蠟的光滑地板上完美地彈跳開來。緊握著球，我在六公尺線前跳了起來。

對敵方而言，比賽出現了首次的危機，守門員連忙張開雙手雙腳。他的體格不錯，看起來很有壓迫感，但還是朝風同學略勝一籌，所以我並不害怕。

這次我沒有暴投，而是朝球門正面射門，管他的！先拿到一分再說。

我把球往守門員的方向丟出。

想是這樣想，球卻大大地偏向左方，不過最後還是往球門飛去。

得分！

我感到有個視線正在看我，往體育館門口看去，咲良臉上仍舊是一臉意興闌珊。

大家都靠了過來，跟我說了幾句話。因為剛才的射門得分，總算讓氣氛稍微緩和了些。還有時間，現在的差距並不算大，雖然在不習慣的體育館比賽對我們比較不利，但不代表對方的實力勝過我們，要是出雲在的話……

『我來囉～』

本來我以為是自己聽錯了，可是那聲音在體育館裡迴盪著，我看到身穿制服的出雲跑向在一旁觀看比賽的瀨戶老師，並交給她一樣東西。

比賽再度開始，我回過神，場內富士繼續防守著我。在朝風同學防守的球門前，敵方隊員不斷傳著球，一看就知道，對方加強了防守。

富士接到了球，個子高又長手長腳的我能夠做的，就是不讓他有射門機會。

富士面露煩躁的表情，我想他應該很想把球回傳給隊員，如果是平常的他，可能早就那麼做了。

可是我剛剛才射門得分過，以他的個性當然不會錯過這個可以反擊的機會。

富士勉強地丟出球，力道卻不怎麼樣，不必朝風同學出手，球門就把球擋下來了。

我和朝風同學四目相對，我默默地點點頭。

『剛剛只是手滑，等一下我一定會得分。』

富士趕緊為自己找藉口，但我充耳不聞。

『我姊姊會保佑我的。』

富士把手貼在褲子的口袋，裡面看起來像放了什麼，他大概把他姊姊的照片帶在身上當成護身符了。

那個富士覺得和咲良很像、因為生病過世的姊姊，直到現在還活在他記憶裡的姊姊，在他眼裡咲良就像是他姊姊的替身。

我也偷偷地把手貼在胸口，對不起！來不及到這個世上的小寶寶，我為我的小心眼道歉並且發誓，我不該輕視你的存在。雖然我不知道我們能不能處得來，但我還是想見見你，就算你搶走老媽全部的愛，我也不會介意。

我會連你的分好好活下去，今天這場比賽我會卯足全力，取得勝利。

此時，瀨戶老師提出交換選手的要求，出雲進場了，還是他最得意的45。

『你的手沒事了嗎？』

『我又去請醫生幫我開了張診斷證明。』

我和出雲簡短地交談了一下，隊上的人都露出驚訝的表情，不過出雲隨即就定位，兩眼緊盯著站在附近的富士。

『等一下，我們就會逆轉整個局勢。』

富士當然也不甘示弱，歪了歪臉頰，露出挑釁的笑容，說：

『有你這樣胡亂射門的人在，我相信你們會輸得更慘。』

『你說什麼！』

出雲邊說邊跑了起來，剛剛才被我的速攻奪去一分的富士，連忙拋下我追了上去。

一直冷靜觀察的朝風同學趁勢把球傳給我，嘿嘿，你被騙了~出雲立刻朝富士吐了吐舌頭。富士停下腳步，跑回來防守我，我馬上把球傳給出雲。

下一秒，出雲射門得分！情況大逆轉。

上半場以十一比十打住，我們領先一分，光是出雲一個人就得了四分，看來他的左手已經沒事了。我也搶下了三分。

咲良仍然靠在牆邊，對我和富士都視而不見。

我走到離大家遠一點的地方休息，朝風同學跟著湊了過來。

『我一直很嫉妒隼。』

『嫉妒我？』

我沒聽錯吧？可是朝風同學看起來不像是開玩笑。

『是啊，所以當出雲和其他人故意排擠你的時候，我沒有站出來替你說話，你好像都不知道自己有多受老天眷顧。』

『受老天眷顧的應該是朝風同學你吧？我根本什麼都沒有。』

朝風同學搖了搖頭，看向咲良的方向。

『你有咲良。』

『那是……』

他用力拍了我的肩膀一下，這一下除了讚許還包含了嫉妒的成分。

『你一定要贏，你的球速比任何人都快。』

下半場比賽開始。我們和對方持續著一來一往、交互得分。

頓時間我感到很放鬆，完全沒有會輸的感覺。朝風同學在，出雲也在，大家都在，也許大家對我的誤會還沒解開，但透過傳球展開對話已經讓我很滿足了。

然而，富士不知道是察覺了我的心情，還是真的認為他可以輕鬆獲勝，他開始變得急躁，射門的步調也很亂。

此時，出雲正帶著球準備速攻，富士突然衝向出雲並往他的肩膀撞了上去，被撞倒的出雲皺著眉按住左手肘。裁判示出警告的黃牌，雖然手球的規則較寬鬆，但也不會允許這樣的犯規行為。

『抱歉。』

富士表面上低頭致意，其實根本毫無歉意，他伸出手想拉起被他撞倒的出雲，卻被出雲甩開了。

『幹嘛啊你！』

我和出雲同時叫了出來，對富士來說，這場比賽算是我與他之間為了咲良的私人恩怨，所以他有什麼不滿應該衝著我來才是。

出雲站到七公尺罰球線上，輕輕鬆鬆射門得分，這下比數又拉開了兩分之差。

緊接著輪到富士速攻，敵方守門員朝他送了個長傳，在富士接到球之前，原本跑在他旁邊的我用力將他撞倒在地。裁判舉出黃牌警告，但我早有心理準備。

『抱歉。』

我故意深深一鞠躬，出雲看了忍不住捧腹大笑。我往旁邊偷瞄，看到咲良也輕輕地笑了。

這次換富士站上七公尺罰球線，差距立刻縮減成一分。

下半場的三十分鐘，時間所剩無幾。

接下來，富士又成功攔截了要傳給出雲的球，再次射門得分，追成同分。

我們這隊則是不斷傳球，等待射門的機會。可是如果拖太久，不但虛耗時間，還可能被判定為消極性比賽⑩，反倒便宜了富士他們。

⑩在手球比賽中，當裁判認為持球隊無射門意願時所做的判定。

出雲接到球了，向來好勝的他臉上充滿鬥志，假如是平常的他，肯定會利用身形的優勢甩開敵方的防守，準備射門。但這一刻他卻猶豫了，剛剛那一撞似乎讓他的左手肘又痛了起來。

『快傳給隼！』

負責守門的朝風同學大喊出聲，出雲跟著照做，把球傳給我，我接到了，好重，我張開右手掌緊緊握住球。

富士擋在眼前，一副『我絕對不會讓你得分』的氣勢，我找不到空隙甩開他。

好吧！心一橫我把球朝富士臉上扔去。

『呃……』

富士應聲倒下，我趕緊接住彈回來的球，抓準時機朝敵方球門射去。

『隼！』

隱約我好像聽到咲良的聲音，我不能輸。

在那個聲音的加持下，球漂亮地避開守門員，進入球門內。

二十一比二十，我們險勝一分，場邊吹起比賽結束的笛聲。

27. 好想哭……

『我輸了。』

富士滿頭大汗站在原地，語氣中透露著無比的懊悔，站在附近的我也感受到他無奈的心情，這傢伙真的很喜歡咲良。

『雖然下半場發生了一點意外，但這真是場很棒的比賽。』

『這場比賽只有輸和贏，隼，你贏了，球場外我不會犯規，我願賭服輸。』

體內分泌出的鹹鹹汗水，帶著些許的苦、微微的酸、淡淡的甜，富士用上臂豪邁地擦去這五味雜陳的水分，大概是因為流進了眼睛裡吧。

『我不記得我們打過什麼賭，況且當時咲良是因為有急事，才會隨便答應。』

擦乾汗水後，富士生氣地瞪著我，說：

『所以才說你是個窩囊廢。』

『那是……』

那是咲良的台詞，唉，我還以為像今天這樣的場合應該聽不到這句話。然而在我反

駁之前，富士已經走出我的視線。

『隼的射門確實不怎麼樣，不過出雲，你是個優秀的45，抱歉我小看你了。』

『之前待在Side是為了隱藏我的實力。』

出雲洋洋得意地回道，怎麼才一下子，他就站在我旁邊了，不過出雲的回話卻讓富士不知道該怎麼反應。

『你會贏真的是多虧了你的隊友。』

富士舉起握拳的右手輕揮了一下，便頭也不回地走出體育館，當他經過站在門口的咲良身邊也完全沒看她一眼。

出雲又摸了摸他的左手肘。

『隼，你欠我一次人情，別忘囉。』

『嗯，我知道。』

的確，要是沒有出雲，今天的比賽恐怕不會贏。

『傻瓜，我是開玩笑的，從你今天的表現，我相信你會是繼我之後成為正式球員的人，派你在Post是正確的決定。可是，我卻捏造事實在大家面前說你是受了瀨戶老師的關照。』

『是啊，你真是害慘我了。』

出雲把手放在我肩上，全身的力量都壓在我身上。

『所以才說你是個窩囊廢。』

不知道是不是在學富士，出雲也說了一樣的話。

『最後一球我射門成功了耶。』

出雲迅速起身，但個子不高的他站起來卻只到我的下巴。

『那是我讓你的。』

『才沒那回事，那球只有隼才能射門成功。』

朝風同學也湊了過來，笑著露出他那一口白牙。

『以守門員的角度來看或許是那樣沒錯啦……』

出雲有些不甘願地回嘴，趁著朝風同學還沒接下去說的時候離開了場內。『隼，我果然還是很嫉妒你，雖然我很喜歡守門員這個位置，可是剛剛看到你的射門，我也好想試試看。』朝風同學說。

『朝風同學不管是哪個位置都沒問題的。』

這是我的真心話，老實說，我實在不覺得自己有哪一點值得讓朝風同學嫉妒。

『不，每個人都有適合他的位置。』

『是這樣嗎？』

『所以才說你是個窩囊廢。』

雖然朝風同學邊笑邊說，可是怎麼連他也這樣說哩？

『走吧。』

我和朝風同學一起離開好不容易適應的體育館，朝風同學看到正在和這裡的手球社指導老師對話的瀨戶老師，隨即點頭示意。

『隼，你等一下。』

瀨戶老師叫住了我，『那我先走囉。』說完這句朝風同學便先行離開，結束了對話的瀨戶老師大步走向我。

『恭喜你，比賽贏了。最後那球，做得好！那正是我對你的期望。』

『我會繼續努力。』

我生硬地點點頭。

『我知道因為我和你爸爸的關係，害你在社團裡被大家排擠，我卻什麼都沒做，可是今天的比賽讓大家都見識到你的實力了，我真的很高興。』

瀨戶老師用力拍了一下我的背，看樣子她真的很喜歡老爸。

『還有……』

『以後找機會我們再好好聊聊，雖然以後會怎麼樣我也不知道，但我可以向你保證，在你高中畢業前，我和你爸爸一定會遵守分際。』

瀨戶老師說完後，用眼神向我示意。

『快回去啦，今天你們就一起回家吧。』

她朝體育館門口的方向用力推了我的背一把，這一瞬間，我腦中浮現老爸和瀨戶老師約會的身影，絲毫沒有排斥的感覺。

我和咲良隔著一段距離面對面，就像夏季尾聲來襲的颱風，我想起了這陣子發生的許多事情，胸口泛起陣陣的熱。

『所以才說你是個窩囊廢。』

也許是剛剛聽到大家這麼說，瀨戶老師也對我說了相同的話，然後一鼓作氣把我推向咲良，就像摔角選手把對手甩到繩邊那樣。

由於太過突然，我趕緊站穩腳步，免得撞上咲良。

『所以才說你是個窩囊廢。』

說這句話的始作俑者咲良邊說邊向我丟出手中的毛巾，要是接下來她再給我一個大擁抱，那該有多好。

『可是我贏啦。』

『手球是團體賽，又不是個人賽。』

咲良迅速地轉過身走出體育館，她的步伐不像平常那樣急促任性，放在背後的手似乎正在叫我快跟上去，於是我快步追上，和咲良並肩而行。

我們一起來到屋頂，在水塔的陰影處坐了下來。操場上棒球社與足球社練習的聲音隨風飛舞，消散至大樓和民宅上方的青空。

暑假就快結束了，暑假作業也得趕快寫完。

『你和富士的打賭，跟我沒關係喔。』

『我知道，那是富士擅自決定的。』

『我不會因為這樣就和你交往喔，這可是漠視人權和輕視女性的行為。』

咲良的語氣如往常般強硬，可是聽起來卻像初學長笛的人一樣，發出細尖而不自然的聲音。

『富士也有人權，我也有啊！』

咲良的肩膀變得僵硬。

『你才沒有！』

『好吧，只有富士才有。那妳這樣玩弄他的感情不也是漠視人權的行為，妳幹嘛要讓我和富士搞成這樣？』

『我當初只是讓你們見面，你沒權利指責我，會變成這樣，都是你的責任。』

說到最後，咲良的語氣變得急促，然後狠狠地瞪著我。

『因為我？』

咲良緊閉雙唇用力地點點頭，宛如行使緘默權的思想犯。我無話可說，就像一天終究會結束，只要遇上咲良我就會有這種感覺。

『妳幹嘛不繼續說下去？』

『算了，反正聽起來都像是藉口。富士硬要把對他姊姊的感情投射在我身上。我不像某人，自己什麼都不做，卻把別人扯進麻煩裡。』

『那妳不會乾脆和富士交往算了。』這句話卡在我的喉嚨說不出口。當然，這不是我的真心話，只是賭氣鬧彆扭的話，嗯，還有點意氣用事啦。誰教咲良也是這樣，明明心裡不是那麼想，卻老是故意找我麻煩。難得我今天贏了比賽，一想到老媽肚子裡那個來不及出世的小寶寶，又讓我產生了歉意，我會好好活下去的。

我試著轉移話題，說出心裡真正想說的話：

『打賭的事就算了，難得我今天比賽贏了，妳可不可以陪我一天？就當是獎賞，跟我來個一天的約會。』

『……一天的約會？』

咲良的眼神充滿了懷疑，她若有所思地抬頭望向天空，一雙深邃的黑眼珠深深吸引

住我。

『我知道了，你要帶我去醫院接受檢查對不對？』

咲良的語氣帶著些許的怒意，我一時間無法回答。

『我已經去過醫院看過背痛了，醫生說那是因為脊椎骨跟不上我發育的速度導致的疼痛。我想咲良也是，妳的身體為了發育需要充足的營養，所以才會出現昏倒的情況。』

『然後呢？』

話到一半，咲良就想反駁，我趕緊接著說，匆忙之下聲音顯得有些分岔。

『所以我覺得妳應該還是去檢查看看。因為……』

說到這，我不禁停了下來。

『因為什麼？』

『生命，稍縱即逝。』

我抬頭望向空中炙熱的太陽，像在尋找天使一樣，希望藉由陽光曬乾我眼裡快要奪眶而出的淚水。雖然小寶寶離開了，但他永遠在我心中，我想，咲良應該也是如此。

想起那天，當我們趕到醫院時，躺在病床上的老媽勉強擠出笑容，我卻只是呆站在原地不知道該說些什麼。冷冰冰的病房裡失去小寶寶的氣息，取而代之的是毫無生氣的藥水味，那股掩蓋死亡的潮濕氣味，至今仍飄散在我的鼻腔內，不時刺激著鼻子。

『好吧。』

咲良像個小孩，乖巧地點點頭，她的反應讓我很高興。我們擁有共同的回憶，這樣的咲良真是可愛，要是時間永遠停留在現在該有多好，真想把這個暑假尾聲的微熱午後瞬間冷凍起來。

但我知道，這是不可能的事。

好，我決定了！為了慶祝我今天贏了這場以咲良為賭注的重要比賽，我要讓老爸請我吃大餐。我把手放在制服的胸口上，裡頭是老爸給我的『骨氣』。對了，叫貧血卻不改粗暴本性的咲良也一起來吧！今晚叫老爸請我們吃霜降黑毛和牛的厚牛排，吃到撐。我和咲良都必須成長，縱使感到疼痛，也一定要讓自己有所成長。

雖然我怕孤單一個人，但我身邊還有咲良，我有些遲疑地開了口。

『另外，我還想要一個獎賞。』

『你還真貪心耶！是什麼？』

『你說啊，是什麼？』

咲良嘟起的嘴唇真是誘人，我想起剛才奮力射門的情景，暴投也無妨，我豁出去了。

『我想親妳。』

聽到我這麼說，咲良的臉色頓時暗了下來。

『想親的話，就別廢話那麼多，幹嘛什麼事都要問我?就說你是個窩囊……』

在咲良說完話之前，我擅自吻了她。

烈日當空，除了嘴唇，我和咲良的心也緊緊連在一起。撲通撲通噗通!我們的心同時強烈地跳動著，這是我們努力活著的證明，一股想哭的喜悅充滿內心。

隱約我好像聽到遠方傳來打雷的聲音，但我仍舊閉緊雙眼。

窩囊廢不說再見
ウラナリ、さよなら

『拿去。』
二月十四日，咲良送我巧克力，還在我家過夜。
這天晚上，我也用心為她做出幸福的料理，
看著咲良泛淚的雙眼，我竟然有種『最後一夜』的感覺……

咲良總算肯乖乖配合檢查，但結果卻不太妙，
身體狀況愈來愈差，最後不得不暫時回茅野休養。
而我只能留在東京等待咲良康復回來。
沒想到好不容易等到這一天，
咲良卻只是爲了要搬回茅野而來東京辦一些手續，
當然，也是爲了再見我一面。
最後，我陪咲良一起回茅野，我們還一起去了旅館過夜，
那天，我終於向她表白了。
回到東京後，某天，我的手機傳來咲良的專屬鈴聲，
我期待聽到咲良用充滿元氣的聲音再叫我一聲『窩囊廢』，
但電話那頭傳來的卻是……

【2009年10月出版】

國家圖書館出版品預行編目資料

窩囊廢的煩惱 / 板橋雅弘作；玉越博幸圖；連雪雅譯. -- 初版. -- 臺北市：皇冠, 2009.06；面；公分. --（皇冠叢書；第3866種 YA！020）
譯自：ウラナリは泣かない
ISBN 978-957-33-2550-5（平裝）

861.57　　98009100

皇冠叢書第3866種
YA！020

窩囊廢的煩惱

ウラナリは泣かない

作　　者—板橋雅弘
插　　畫—玉越博幸
譯　　者—連雪雅
發 行 人—平雲
出版發行—皇冠文化出版有限公司
台北市敦化北路120巷50號
電話◎02-27168888
郵撥帳號◎15261516號
皇冠出版社(香港)有限公司
香港灣仔駱克道93-107號利臨大廈1樓
電話◎2529-1778　傳真◎2527-0904
出版統籌—盧春旭
責任編輯—賴郁婷
版權負責—莊靜君
外文編輯—蔡君平
美術設計—許惠芳
行銷企劃—周慧真
印　　務—林佳燕
校　　對—熊啟萍・劉素芬・賴郁婷
著作完成日期—2006年
初版一刷日期—2009年6月

法律顧問—王惠光律師

讀者服務傳真專線◎02-27150507
電腦編號◎515020
ISBN◎978-957-33-2550-5
Printed in Taiwan
本書定價◎新台幣180元/港幣60元